STEW, 지적 유희를 말하다

따뜻한 커뮤니티 STEW

STEW 편집팀

스튜북스

지적
유희를
말하다

STEW, 지적 유희를 말하다

초판 1쇄 발행 2020년 9월 21일

지은이 STEW 편집팀
발행인 오세용
발행처 스튜북스

교열 오세용, 고대승
편집 김지훈, 황보정아

출판신고 2020년 7월 21일
제 2020-000104호
홈페이지 stew.or.kr
이메일 osystst@gmail.com
ISBN 979-11-971374-0-2 [03060]

Contents

January **01**

눈먼자들의
도시

by 최보승

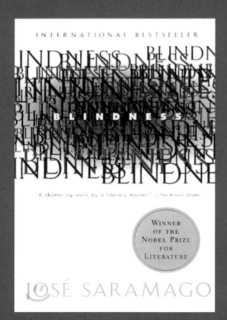

읽게 된 동기.

2019년 Stew 독서 소모임 대망의 첫 번째 책!

한줄평.　　　　　　★★★★★

눈먼지 모르는 눈먼 자들을 위한 팩트폭행

서평

저자는 포르투갈의 최초 노벨 문학상 수상자인 '주제 사라마구'다. 그는 그가 살았던 시대 속 부정 세력에 맞서 싸우고 독재정권에 대해 우화적으로 메시지를 전달하고자 다양한 책을 집필했다. 특히 '눈먼 자들의 도시'는 인간이라는 본능에 관해 이야기를 풀었다.

부정부패와 권력, 인간 본성의 추악함, 익명의 무서움 등, 아무것도 보지 못하기 때문에 자신의 행동에는 책임없이 이기적인 행동만 하게 되는 인간의 진짜 모습을 인간의 본질에 빗대어 말한다.

과거에는 특히 자신의 권력을 이용해 문제를 해결하려 하고, 더 심하게는 권력을 악용해 사람들의 약점을 파고드는 모습을 쉽게 볼 수 있다. 지금도 마찬가지로 비슷한 문제가 발생해 사회의 이슈가 되고, 사람들의 눈살을 찌푸리게 한다. 이것은 인간의 자연스러운 성향 속에서 발생하는 '성악설'과 연관되어 인간의 본성에 관해 이야기한다.

지금이야 경제가 발전하고 사람들의 인식과 시선이 변화해 과거처럼 심각한 문제가 발생하지는 않는다. 하지만 책 내용처럼 최악의 상황에 직면한다면 다시금 인간의 본성이 나온다는 뜻이다.

나는 지금 행복한 삶을 살고 있지만, 하루하루가 생존인 경우에는 나조차도 책에 나오는 수많은 눈먼 사람들과 별반 다르지 않을 것이라는 생각이 든다. 나의 삶을 연장하기 위해 하루하루가 힘든 상황 속에서 남들을 과연 도울 수 있을까? 아니면 정말 성악설이 맞는 것일까?

10년 만에 다시 읽었던 책으로 다시금 나에게 재미를 선사했고, 시간 가는 줄 모르고 책을 보게 되었다. 다른 책을 읽을 때와 다르게 한 시간 동안 집중력을 잃지 않고 읽을 수 있었던 책이 아닌가 생각한다. 그만큼 스토리 전개와 흐름이 적절하게 구성하려고 한 노력이 느껴졌고, 보고 싶었던 책을 봐서 그런지 책을 읽고 난 후 개인적인 만족감도 컸다.

다만 멀리서부터 다가온 인간의 본성에 대한 아쉬움과 언제가 우리 지구에도 알 수 없는 전염병이 올 수 있다는 끔찍한 생각을 하게 된 점 외에는 높은 평점을 주고 싶다.

볼 수 없다면?

책을 읽는 동안 많은 생각을 했다. 하루아침에 원인도 모르는 백색의 빛만 가득하다면, 아무것도 할 수 없다는 좌절감이 갖고 오는 공포는 어느 정도일까?

나는 사실 백색의 공포를 경험한 적이 있다. 정확히 말하면 약 한 달 동안은 두 눈 다 잃었던 것 같다. 우연히 한쪽 눈을 심하게 다쳤고, 눈을 회복하기 위해서는 최소 5개월은 눈을 감고 생활을 해야만 했던 때가 있었다.

그때의 백색 공포 중에 가장 큰 두려움은 의사의 진찰과 소견에도 앞으로 계속 못 보게 되면 어쩔까 하는 생각이었다. 괜찮아진다는 얘기는 사실 내 귀에 들어오지 않았다. 표현은 못 했지만 두렵고 무서웠다. 또 난 정말로 아무것도 하지 못했다. 그녀의 도움이 없었더라면, 더더욱 하루하루가 힘들었을 것이다.

다행히 나에게도 안내자가 있었다. 그녀는 항상 나에게 먼저 희생을 했고, 도움을 주었다. 혼자서 반찬의 위치도 확인하기가 어려웠고, 숟가락과 밥그릇만 잡고 있으면 반찬을 올려주었고, 가끔은 머리도 감겨주셨다.

그녀의 희생은 의무인가 봉사인가

지금 돌이키면 너무나 감사한 일이다. 매일매일 내가 보지 못하는 동안 나의 눈과 손이 되어 주셨다. 그녀는 나의 어머니다. 나의 어머니기에 당연히 해야 하는 어머니의 의무가 있을 수도 있고, 아들을 향한 사람의 힘일 수도 있다. 나는 그때 어머니의 눈과 손에 항상 감사한 마음을 갖고 살고 있다.

그러나 책에서의 그녀는 아들도 아니고 먼 가족도 아니다. 물론 자신의 남편도 있지만, 그렇다고 모두를 위해 희생할 필요까지는 없었을 것이다. 어려운 상황에서 남들을 도와가며 나의 삶을 포기하기까지 그녀도 아주 힘들고 외로웠을 것이다. 상황이 만든 의무일 수도 있고, 희생과 봉사에 대한 마음에서 한 행동일지도 모르지만 우리는 그녀의 행동에 대해서 결코 잊어선 안 될 일이다.

과연 나였더라면 그렇게 할 수 있었을까 그리고 남을 위해 내가 희생해보고 봉사했던 게 언제였을까 하는 생각이 든다.

인간의 모습

나의 본성과 본질은 어떨까? 나도 극한의 상황에서는 악한 행동을 저지를까? 나는 아닐 것이라 생각하지만, 상황에 부닥치지 않으면 그 누구도 옳은 정답은 없을 것이다. 왜 우리는 악한 행동을 할까? 답은 간단하다. 자신이 처한 상황에서 벗어나기 위해서 악한 행동을 저지른다. 그 악은 우리의 마음속에서 나오는 가장 기본적이고 기초적인 욕구이다.

인간의 악함은 권력을 유지하기 위해 사용되고, 또 권력을 남용하는 데서 쉽게 볼 수 있다. 최근 이직을 결심했고 우여곡절 끝 최종면접까지 가게 되었는데, 그곳에서의 나는 을이 될 수밖에 없었다. 갑의 말 한마디 한마디가 을에게는 법이 되고, 이행해야만 한다. 이를 지키지 않고 생각이 다를 경우 면접에서 미끄러지는 건 안 봐도 뻔할 것이다.

사실 면접은 상황이 약간 다르다. 면접관들은 갑이 아니고 면접자도 을이 아니다. 그러나 면접자들은 행동을 조심해야 하고 조금이라도 좋은 이미지를 보이기 위해 노력한다. 면접관의 사인 하나와 점수 하나가 그들의 미래를 결정짓는 중요한 역할을 하기 때문이다. 갑은 아니지만, 때로는 슈퍼 갑이기도 하다. 권력을 이용하지는 않지만 이용할 수도 있는 그런 사람들이다.

이처럼 권력은 작은 곳에서부터 여러 다양한 곳에 두루두루 있다. 책의 내용 중에 암울한 환경에서도 인간은 권력을 얻고 권력을 이용한다. 권력이 도대체 무엇이고, 보이지 않지만 실제로 느끼는 힘은 어느 정도일지 너무 궁금하다.

나도 나이를 먹어 어느 정도 사회의 일원이 되었을 때, 권력을 갖고 있을 때, 과연 권력을 어떻게 활용할지 미래에 나에게 묻고 싶다. 책 주인공들의 이름은 없다. 이름 없이 특징으로만 그들을 설명한다.

사실 보이지 않는 곳에서의 이름은 중요하지 않다. 그들이 누구인지 알지도 보지도 못하는 곳에서, 이름은 뭐가 중요할까.

나의 이름을 속여 말할 수 있지만, 나의 이름을 걸고 말하기는 어려운 게 많다. 나에 대한 믿음과 내가 행한 행동에 대한 책임을 질 수 있어야만 나를 알릴 수 있고 이름을 붙일 수 있다. 그들은 눈 뜨기 전까지 자신을 알리고 말하는 데 어려움이 컸을 것이다.

볼 수 있던 볼 수 없던 그건 중요하지 않다. 우리가 사는 세상이 아름다운 세상으로 남기를 바랄 뿐이다. 불가능하겠지만 보이지 않아도 행복한 꿈을 꿀 수 있으면 좋겠다.

Who is 최보승?

최보승, STEW

새로운 장소와 만남에 행복을 느끼고, 일탈과 도전의 쾌락을 얻는!!!! 인생을 즐기는 남자입니다.

Feburary **02**

명견만리2

by 고대승

읽게 된 동기.

회사 학점 취득을 위해 고르던 중, 문재인 대통령님 추천 책이라는 한 줄에 바로 신청!

한줄평.

책 이름 그대로, 뛰어난 통찰력으로 현재 사회의 문제를 바라보고, 내 삶의 방식에 대해 성찰 할 수 있게 하는 책!

서평

책은 언제나 나에게 새로운 시야를 준다. 신문을 항상 읽지만 돌이켜 생각해보니, 정보 취득의 시간이었지 나의 관점으로 새로운 생각을 만들지는 않았던 것 같다. 사실 이 책의 내용은 신문에서 읽었었던 내용이다. 하지만 단지 팩트만을 전하는 신문의 내용을 새로운 관점에서 바라보는 이 책은 나에게 신선함과 충격을 주었다. 그리고 생각이 생각의 꼬리를 물어, 내 삶의 전체를 조망하는 시간까지 가지게 되었다. 명견만리2를 읽고 챕터 별로 간단히 생각을 정리해보려 한다.

〈 윤리 〉

착한 소비
– 필요한 것을 사는 소비를 넘어 나의 가치를 표현하는 소비 시대

경제가 어려워질수록 착한 소비가 늘어난다고 한다. 국가 부도를 겪은 그리스에서는 커피 한 잔을 사면 또 다른 커피 한 잔이 기부된다. 그리고 그 커피는 커피 한 잔을 통해 삶의 고통을 이웃과 나누고 싶어 하는 사람이라면 누구나 와서 먹을 수 있다. 이 글을 보며 어느새 눈시울이 붉어지는 나를 볼 수 있었다.

나뿐만 아니라, 우리나라 우리 세대는 약육강식의 세계에서 이기적으로 살아갈 수밖에 없는 현실에 대해 인지하고 있다고 생각된다. 그리고 그 문화의 피폐함을 고발하여 성공한 드라마가 '스카이 캐슬'이 아닌가 싶다.

나도 어릴 때 어른에게 들었던 말이 있다. '네가 누구를 돕고 싶으면 너부터 성공해라' 그런데 그리스의 나눔 카페나, 독일 길거리에 무료 냉장고를 보며 어느새 세뇌된 나의 편협한 생각이 부끄러워졌다. 이제부터라도 나만이 아닌 주변을 바라보고, 나의 소비가 단순한 합리적인 결정이 아니라 가치를 부여할 수 있는 소비가 될 수 있도록 바꿔 가려 한다. 결국, 가치는 스스로가 부여하는 것이기에.

글 마지막 부분을 직접 타이핑으로 쳐야만 할 것 같다.

착한 소비는 단순히 경제활동의 문제가 아니다.
착한 소비는 한 장의 투표용지와 같다.

우리가 어디에, 어떻게 소비하느냐에 따라 기업이, 사회가 그리고 세상의 미래가 달라질 수 있다. 이제껏 우리 사회를 지배해 왔던 경쟁 논리와 이기적인 가치들로 미래사회를 준비할 수 없다고 생각하는 이들이 이제 착한 소비라는 이름의 투표용지를 꺼내고 있다.

경쟁이 아닌 협력을, 이기심이 아닌 이타심을, 나의 이익이 아닌 모두의 이익을 위해 선택하고 행동하는 것. 이러한 착한 움직임은 그저 개인의 선행이 아니다.

윤리와 가치지향의 시대. 우리는 맞이할 준비를 하고 있는가?

〈기술〉 - 인공지능과 함께할 미래

세계에서 가장 많은 노동력을 로봇으로 대체하고 있는 나라는 바로 우리나라라고 한다. 현 우리 정부의 최우선 정책 중 하나는 바로 일자리이다. 천문학적인 예산을 쏟아붓고 있지만, 일자리가 늘어나는 속도와 함께 줄어드는 속도도 급격하기에 그 효과가 미비해 보인다. 우리 회사만 봐도 그 이유를 알 수 있다. 기존 사람이 수작업으로 하던 작업이 새로운 S/W 도입을 통해 자동화가 이루어지고 있다. 결국 그 사람의 자리는 사라진다. 심지어 지속적인 이 과정으로 인한 조직 변동으로, 신입사원은 뽑지도 않는다. 이 상황이 모든 회사에 동일 적용 된다면? 끔찍하다.

인공지능 영역의 확장은 생각보다 너무 빠르다. 불과 몇 년 전까지만 해도 단순 노동 일자리만 위협받을 거라 생각했지만(개인적으로), 인간 고유의 일이라 생각했던 사유와 창의성이 필요한 직업마저도 인공지능은 위협하고 있다. 과거에 새로운 산업혁명이 나올 때마다 기존 일자리 소멸로 인한 사회적 사태가 심각했지만, 다행히 이제는 기술혁명으로 인해 나타나는 새로운 일자리 또한 폭발적이라는 것이다. 개인적으로 인공지능의 발전으로 인해 윤택해질 삶의 변화에 대해서는 긍정적으로 생각한다. 기술분이 아닌, 모든 발전에는 부정적인 과정이 있을 수밖에 없지만 그렇기에 국가와 조직이 존재한다고 생각한다. 모두가 함께 발전할 수 있는 사회적 합의를 통해 함께 나아가야 하지 않을까?

그런데, 책에는 소름 돋는 내용이 있다. 인공지능이 악마를 소환한 것일 수도 있다는 내용이다. 인간을 위해 태어난 인공지능이 스스로 진화하여 인간이 지구의 유해한 존재로 판단하여 인간이 소멸할 수 있다는… 설마 하다가도 마블 영화 내용처럼 사악한 마음을 가진 천재가 나온다면 가능성이 아예 없는 것도 아닌 것 같다.

〈중국〉

중국…비록 30여년 살아온게 전부지만, 돌이켜 생각해보니 우리나라와 바교했을 때, 중국의 발전은 대단한 것 같다. 모든 경제 관련 글에서 중국은 어디서나 등장하는 단골 소재이다. 세계의 공장 역할을 하던게 엊그제 같은데, 이미 G2 로서 세계 경제와 4차 산업혁명을 이끌어가는 주역이 됐다. 개인적으로 중국의 현재를 본 것은 2017년 청도로 여행을 갔을 때이다. 그때까지만해도 중국에 대한 편협한 시각을 가지고 갔다. 중국인들의 관광지에서 벌이는 만행으로 인해 아직까지는 중국에 대한 시각이 안좋았기 때문이다. 하지만 내 눈앞에서 펼쳐진 중국의 모습은 천지개벽 그 자체였다. 높이 솟아오른 스카이라인은 나를 압도 했고, 관광지마다 깔끔하게 구성해 놓은 모습은 내 생각을 바꿔놓았다. 내가 알던 중국이 아니구나… 하지만, 중국인들의 아직은 부족한 시민의식이 많이 보이긴 했지만, 우리나라를 생각해보면 중국을 비판할 수는 없을 것 같다는 생각이 들었었다.

"방 안에 들어온 코끼리를 어떻게 할까?" 중국에 대한 이 책의 첫 번째 관점이다. 중국은 우리나라에게는 불가분의 관계이다. 우리나라 제 1 교역국이기에, 중국의 상황은 우리 상황과 바로 연결돼있다. 그렇기에 우리 현실은 너무 취약하다. 유커로 인해 내수가 진작돼고, 중국 산업의 발전으로 인해 수출 현황은 좋아지지만, 중국의 상황이 안좋아진다면? 엄청난 차이나머니가 전세계에 영향력을 뻗치고 있는데, 중국자본으로 인해 훼손되고 있는 우리 문화는? 책에서도 말하지만, 차이나머니는 기회가 될 수도 위험이 될 수도 있다. 방안에 들어온 귀여운 아기 코끼리가 점점 커져서 방주인까지 내쫓을 수 있는 상황 말이다.

중국의 급격한 발전의 원동력은 무엇일까? 역시나 사람이었다. 비록 중국이라는 거대한 자본시장과 싼 노동비, 자원등이 있겠지만, 책에서 보여주는 중국의 원동력은 사람이었다. 주링허우 세대라 불리는 2억명. 이들은 두려움 없이 제 2의 마윈이 되기 위해 끊임 없이 창업에 도전하고 실패하고, 다시 일어서서 도전한다고 한다. 이 배경에는 당연히, 실패를 이해하고 재도전할 수 있도록 지원하는 국가 시스템과 사회 문화가 있다. 우리나라와는 상반되는 모습이라 참 씁쓸한 부분이었다. 나 또한 경영학과 출신이기에 창업을 꿈꿨던 적이 있었다. 하지만 실패에 대한 두려움으로 인해 그 꿈은 들어갔다. 대학생 때를 생각해보면 우리나라 청년들도 열정하나만큼은 절대 어느 나라와도 뒤지지 않는 것 같다. 하지만, 실패라는 단어에 대한 사회적 시각, 창업 시스템 기반 부족, 안정적인 직업만 가 가지면 된다는 편협한 시각이 이 열정을 꺼뜨리고 있는 것 같다는 안타까운 생각이 든다.

2억명… 정말 두려운 숫자다. 중국이 만들어갈 새로운 변화가 점점 궁금해진다.

〈교육〉 - 왜 우리는 온순한 양이 되어갈까

우리나라 수동적 교육의 문제점은 전부터 지속해서 문제 돼 왔다. 책에서는 현 문제를 신랄하게 비판한다. 우리나라를 이끌어갈 인재라고 믿어온 서울대생들조차 창의적이고 적극적인 교육이 아니라 단순 필기와 암기식 교육이 이루어지고 있는 상황을 객관적 자료로 보여준다.

3-5-19. 미래세대는 일생 3개 이상의 영역에서 5개 이상의 직업을 갖고, 19개 이상의 서로 다른 직무를 경험하게 된다고 한다. 과연 나는 이러한 변화무쌍한 시대에 준비가 됐나? 나 스스로 변화하고 발전할 준비와 자세가 갖춰졌나? 우리나라 교육시스템은 새로운 것을 받아들이고, 적극적으로 자신을 발전시키게 하나? 많은 생각이 드는 구절이다. 책에 나오는 것처럼 비판적이고 창의적인 '생각의 힘'을 키우는 것만이 나뿐만 아니라 우리나라의 미래를 위해 필요한 것 같다.

명견만리를 왜 대통령님이 추천했는지 알 것 같다. 앞과 옆이 아닌 나 자신만 바라보고 숨 막히게 달려가는 우리나라 모든 사람이 새로운 관점으로 성찰하길 바라는 게 아닐까. 비록 이 책 한 권으로 인해 지금 내 삶이 바뀌는 것은 아니다. 하지만 끊임없이 생각하고 생각하여, 새로운 선택에 있어 더 나은 과정과 결과를 만들어내려 한다.

Who is 고대승?

고대승, STEW

국밥 한 그릇에 인생의 묘미를 느끼는 남자
책과 드라마 주인공에 빙의 되어 눈물을 흘릴 줄 아는 남자
그냥 웃고 또 웃고 항상 웃는 남자

March **03**

콘텐츠의
미래

by 장준혁

읽게 된 동기.

교보문고에서 우연히 접하게 된 책. 그런데 평이 심상치 않았다.

"얼마나 많은 동료와 공유하고 싶은가?" 나는 그에 따라 책의 성공 여부를 따진다. 이 책을 읽은 후, 나는 〈뉴욕타임스〉에서 함께 일한 전 동료와 직원들이 이 책을 읽어야 한다고 생각했다."

– 마틴 니센홀츠,
〈뉴욕타임스〉 전 CEO, 보스턴대학교 디지털 커뮤니케이션 교수

평만큼이나 가격과 무게도 일반 책을 웃돌았지만 필요한 인사이트라 판단해 집에 데려왔다. 책의 앞부분을 읽자 이 느낌은 확신하였다. 그렇지만 책의 총 페이지 수는 743페이지, 무게가 1kg에 달해 끝까지 읽으려다 계속 중도 포기했다.

배수진을 친다는 생각으로 2월 STEW 독서소모임에서 이 책을 발제했다. 힘겨웠지만 후회 없고 필요했던 선택이었다.

한줄평.

경영계의 바이블이자 세상이 돌아가는 이치. "애플은 혁신적이어서 성공했다"고 생각하는 사람에겐 필독서.

서평

우리는 매일 알게 모르게 콘텐츠를 소비한다. 페이스북의 게시글, 사진, 영상, 광고들, 네이버 앱의 미세먼지 수치, 구글 플레이에서 검색하고 다운받는 앱 등 무수히 많은 콘텐츠가 우리 일상 속에 이미 파고들어 있다.

그렇기에 공급자들은 콘텐츠에 대한 고민을 멈출 수가 없다. 넘치고 넘치는 콘텐츠 중 우리 콘텐츠가 어떻게 해야 우리가 원하는 소비자들에게 인상을 남길까?

문제는 이에 대한 고민이 자칫하면 헛수고로 이어질 수도 있다는 점이다. 많은 제작자, 공급자는 어떻게 해야 좋은 제품, 서비스, 콘텐츠를 만들 수 있을지를 고민한다. 더 좋은 제품과 서비스를 만들어야 소비자들의 선택을 받는다고 착각하기 때문이다. 이들은 집중과 핵심 역량을 외치며 숲을 보기보다는 나무를 본다. 저자 바라트 아난드는 이를 '콘텐츠 함정'이라고 부른다.

"애플은 1976년 설립 이후 계속해서 거의 '미치도록 뛰어난' 제품을 만들어왔다. 하지만 첫 20년 동안의 사업 성적은 최근과 비교해 전혀 뛰어나다고 할 수 없다. '미치도록 뛰어난' 제품은 기업의 성공을 보장하지 못한다."

그렇다면 어떻게 해야 할까? 한 제품을 놓고 단면만 보지 않고 전체적인 상황을 이해하도록 노력해야 한다. 그리고 그 속에서 연결 관계를 파악하고 이용해야 한다.

소비자가 아닌 제품 입장에서만 생각하는 실수

〈콘텐츠의 미래〉는 다양한 연결 관계와 수많은 사례를 들었지만, 성공 사례들 대다수의 기본적인 원칙은 제품이 아닌 사용자를 먼저 생각한다 는 점이었다. 이렇게 말로 들으면 너무나도 당연하지만, 이들의 이야기 를 보면 전혀 당연하지 않고 얼마나 많은 고민이 필요했을지에 놀랄 수 밖에 없었다.

전동 공구를 만드는 회사의 경쟁사가 넥타이를 만드는 회사가 될 수 있 다고 한다. 어떻게 보면 의외다. 그렇지만 이는 우리가 그동안 소비자 중 심적 사고가 아닌, 근시안적인 제품 중심적 사고를 해왔기 때문에 그렇 다.

"전동 공구 판매가 아버지 날, 크리스마스, 밸런타인데이에 급증한다는 사실을 생각해보라."

2000년부터 성장 둔화를 겪은 나이키는 이른바 경영 혁신을 일으켰다. 소니, 애플, 닌텐도 등을 새롭게 경쟁 상대로 규정하고, 이에 따라 전략 을 수립했다. 나이키는 사람들을 집 밖으로 나오게 하려고 한다. 그렇 지만 닌텐도는 사람들을 집에 들어오고 머물게 했다. 닌텐도도 2006년 Wii를 출시하면서 나이키를 경쟁 상대로 인식했다.

애플을 경쟁 상대로 규정했던 나이키는 이후 애플을 매출 확대를 위한 파트너로 삼았다. 사람들이 조깅하면서 노래를 듣는 사실을 발견하고는 애플과 콜라보로 나이키+아이팟 스포츠 키트를 출시한 것이다. 이 역시 도 제품이 아닌 소비자 위주로 생각을 했기에 가능한 전략이었다.

뛰어난 제품보다도 그 제품의 보완재

스티브 잡스 경영 신비의 끝은 어디까지일까. 여태까지는 나도 애플의 성공을 혁신적인 제품 덕분이라고만 생각해왔다. 그렇기에 애플이 첫 20년 동안 혁신적인 매킨토시로 고전을 했다는 사실은 충격이었다.

애플의 아이팟은 그 상황을 역전 시켜 준 '게임 체인저'였다. 이미 다른 제품들에 비해 시장에 뒤늦게 진입을 하기도 했지만, 하드웨어의 보완 재인 소프트웨어에 신경을 쓴 덕분에 85%의 시장 점유율을 달성하기도 했다. 다른 MP3 플레이어는 사용자가 노래를 다운받는 과정이 복잡했 던 반면, 아이팟은 아이튠즈를 통해 싸고 쉽게 노래를 다운받을 수 있었 다. (아이러니하게도 구글은 이후 같은 전략을 더욱 적극적으로 활용해 시장에 먼저 진입한 아이폰을 안드로이드로 이겼다)

사실 최근까지도 많은 기업은 더 나은 제품을 만들려고 혈안이 되어 있 다. 그렇지만 이러한 이야기들은, 어느 정도의 품질이 보장되어 있다면 단순히 '핵심 역량'에 집중한다는 기존의 전략 방향성보다 어떠한 보완 재를 활용하여 소비자들에게 더 많은 가치를 제공할 수 있을지를 고민해 야 한다는 점을 깨우쳐 준다. 마치 영화관과 탁아 시설이 같이 있는 것처 럼 말이다. 이는 분명히 어린 자녀가 있는 부모인 소비자들에게 있어, 최 고의 스피커를 자랑하는 극장보다도 편한 영화 경험을 제공해줄 수 있을 것이다.

콘텐츠의 함정에 빠지지 않기

페이스북에서 가장 핫한 커뮤니티 중 하나는 단언컨대 '여행에 미치다' 이다. 한 대학생의 영상 공유 페이지로 시작한 이들은 여행업계에 있어 엄청난 제휴와 방대한 커뮤니티 회원 수를 자랑하는 이른바 '핫플'이다. '여행에 미치다'는 여행 정보가 가장 많아서 성공한 것이 아니다.

기존에도 여행사들과 여행 정보 공유 카페들은 많았다. 다만 '여행에 미치다'는 여행을 곧 떠나는 사람들에 집중하기보다는, 잠재적으로 여행을 떠날 사람들로 시장을 확대했다. 이는 좁은 타겟층에 집중하라는 기존의 전략과는 상반되는 행동이다. 그리고 이들은 그 컨셉을 바탕으로 수많은 연결 관계를 창출해냈다. 요즘 여행사와 여행 인플루엔서의 제휴 패키지가 자주 보이는 것도 여기에서 시작했다.

텐센트, 아마존은 '집중'과 '핵심 역량'을 외쳐서, 또는 뛰어난 제품을 만드는 데에 집중했기 때문에 성공하지 않았다. 그들과 더불어 에어비앤비, 우버 등 혁신을 불러일으켰다고 회자되는 서비스들은 결국 사용자, 제품, 그리고 기능 간의 연결 관계를 발견하고 새로운 가치를 창출하는 데에 활용했기 때문에 성공할 수 있었다.

모든 것은 연결 관계이다. 숲을 보기 위해 끊임없이 상황을 공부하고 파악하고 그 깨달음을 적용해야겠다.

Who is 장준혁?

장준혁, 트레블러스

디지털 노마드식 프리랜서 기획자.
여행하며 창의적인 아이디어들을 빌딩하는 과정을 즐깁니다.
실시간 여행 부분 동행 플랫폼을 개발하는 트래블러스팀의 기획자 겸 디자이너입니다.

April **04**

내가 공부하는
이유

by 오형진

읽게 된 동기.

공부하던 중 "내가 왜 이런 공부를 하고 있지?"하며 현실을 자각했고, 눈에 확 들어와 버린 책. 얇은 두께와 팩폭 제목에 이끌려 하루 만에 다 읽어버렸다. (하라는 공부는 안 하고)

한줄평.

공부 자체가 목적인 공부, 호흡 깊은 공부 실천해보자.

서평

지난 25년간 기억이 나기 시작한 이후 내 기억 속에 공부를 아예 안 했던 순간은 없는 것 같다. 학교 들어가기 전엔 빨간펜과 윤 선생에. 초등학교, 중학교, 고등학교 땐 내신에 SAT에. 대학에 들어서도 전공과 교양 과목 수업을 들으면서 졸업할 수 있었고, 졸업 후인 지금도 법학적성시험을 준비 중이며 다시 공부 중이었다.

쉼 없이 공부하다 보니 공부에 대한 무지막지한 회의감이 올라오는 것은 어찌 보면 당연한 수순이었다고 생각한다. 이렇게 지난 25년간 공부는 한 것 같은데 뭔가 채워지지 않는 듯한 느낌이 강하게 들어서였다.

그렇게 생각하기 시작하니 내가 공부를 하는 것이 즐겁지 않았고 그날 하루종일 그 생각에 휩싸여 공부를 제대로 하지 못하였다. 2019년 봄에 갑자기 찾아온 현타에 나는 답이 필요했고 책장에 오랫동안 꽂혀있던 이 책은 내 개인 상담치료사가 되어주기를 기꺼워했다.

한 일본 공부대가의 고민

저자는 메이지대학교 인문학 교수 사이토 다카시로 그는 본인만의 공부 철학을 통하여 많은 일본 사람들의 주목을 받는 인물이다. 그는 초반부에 본인이 큰 수술로 병원에 입원해있으면서도 공부를 한 인물이라고 본인을 밝혔고 그 문구를 읽는 도중 솔직히 책을 덮을뻔했다. 이 사람은 애초에 공부를 사랑하는 사람이며 그의 공부에 대한 조언이 내 상황과 맞지 않을 것 같았기 때문이다.

하지만 책을 덮기 직전 그가 젊은 시절 했던 고민을 고백한 부분이 있었다.

"내가 고등학교 때 이후로 얼마나 바뀌었는지를 곰곰이 따져 보니 그렇게 많이 변하지 않았을 것 같다는 생각이 들었기 때문이다."

– p.40

이 문구를 보니 정말 뜨끔하였다. 나름 꾸준히 공부하고 많은 지식을 얻었다고 자부했던 내가 공부에 대한 회의감이 들었던 이유가 이것이 아녔을까?

정말 학창 시절 열심히 공부했고 꽤 쓸만한 지식을 습득해왔지만 정작 그렇게 쌓아온 지식을 통해서 진정한 성장으로 이어지지 못해서 그런 감정이 들지 않았나 생각이 들었다. 나와 비슷한 고민을 했다는 그의 고백을 듣고 나니 책에 더 집중할 수 있었다. 그렇다면 어떻게 공부해야 내가 공부를 즐기면서 성취감을 느끼면서 할 수 있을까?

공부 그 자체가 목적이 되는 공부

사이토 교수는 공부가 목적이 되는 공부를 해야 한다고 강조한다. 공부가 목적이 아닌 수단이 된 순간 성적과 성과와 같은 것에 중점이 되어 호흡이 짧은 공부를 할 수밖에 없다고 말이다. 하긴 돌이켜보면 내가 언제 성적에 연연하지 않고 공부를 한 적이 있나 의문이 든다. 심지어 내가 좋아하는 경제나 흥미로웠던 교양수업조차도 나중에는 시험으로써 평가를 받는다는 압박감에 그리 즐기면서 하지 못했던 것 같다.

이렇게 수단을 위한 공부를 하다 보면 나오는 가장 큰 단점은 흥미가 이어지지 않는다는 점이다. 시험이 끝나고 나면 머릿속에 지우개가 생기는 현상을 많이들 경험했을 것이고 공감할 것이다. 이런 이유는 시험이 목적이 되었기 때문에 목적 달성 후 공부에 대한 열의가 떨어지기 때문에 일어나는 것이다. 사실 공부를 제대로 천천히 음미하면서 하다 보면 질문이 생길 수밖에 없고 그 질문의 해답을 찾다 보면 자연스레 다음 공부로 이어지는 것이 진정한 공부인데 말이다.

그렇게 연결고리가 생기고 본인만의 목표가 생겼을 때 진정한 지식의 확장이 있고 그로써 성장할 수 있다고 사이토 교수는 역설한다. 그렇기에 성적이 목적이 된 우리들은 학교가 짜놓은 커리큘럼에 대해 깊은 이해를 하기보다 한 수업 한 수업 듣기에 급급하다 보니 공부가 지치는 활동이 될 수밖에 없다는 것이다.

하지만 내 현실적인 문제상(입시 준비 중) 성적을 아예 던질 수는 없기에 내 여가시간에라도 사이토 교수가 주장한 호흡 깊은 공부법을 해보기로 하였다. 그가 말한 호흡 깊은 공부법은 뭐냐고? 한 번 알아보자.

호흡 깊은 공부법

그가 말한 호흡 깊은 공부는 다름 아닌 순수학문 공부이다. 위에서 언급했듯이 현대인들은 스스로를 증명하기 위하여 공부를 수단으로 사용한다. 아이러니하게도 공부를 수단으로 여기는 이 태도로 인하여 깊은 사유를 하기보다는 눈앞에 닥친 문제를 어떻게든 해결하려고 노력한다.

하지만 단기간에 해결할 수 없는 어려운 문제가 닥치는 순간 쉽게 좌절하게 된다. 우리가 가진 문제해결 도구로는 해결할 수 없기 때문이다.

그렇다면 사이토 교수는 어떤 연유로 순수학문을 공부하라는 말을 했을까? 여러 순수학문에서 쌓은 내공은 나에게 문제를 해결할 수 있는 다양한 도구를 제공하기 때문이다. 순수학문에는 정확한 끝이 없는 무궁무진한 영역이고 어느 정도 공부했다고 자신이 무언가를 증명할 수 없을 만큼 깊은 학문이다. 그렇기에 당장의 성장에 눈이 멀지 않고 공부 자체를 즐길 수 있는 여건을 준다는 것이다.

이렇게 공부 자체에 매료되어 한 걸음씩 나가다 보면 다른 사람들은 가지지 못한 내공이 쌓이고 영역 각자의 문제해결 도구를 획득할 수 있다고 주장한다. 순수학문에 대한 사유의 힘을 통해서 막막한 문제 또한 해결할 수 있다는 것이다.

또 이렇듯 호흡 깊은 공부를 끊임없이 하다 보면 누군가가 쉽사리 따라할 수 없는 나만의 지식체계, 즉 나만의 아우라가 생김을 느낄 수 있다고 저자는 주장한다.

저자는 그러한 현상을 나무에 비유하여 표현한다.

"공부는 자신의 내면에 나무를 한 그루 심는 것과 같다. 어떤 학자가 쓴 책을 읽고 그 안에 담긴 지식도 세계관을 공부하면, 나의 내면에는 그 학자의 나무가 옮겨 심어진다. 적극적으로 다양한 공부를 하는 사람이라면 나무의 종류도 각양각색일 것이고 숲의 면적도 넓을 것이다."

– p.47

나 자신의 흥미에 쫓아 공부를 나만의 공부플랜을 따라가다 보면 어느샌가 나만의 아우라가 생긴다니, 공부할 마음이 안 생길 수가 없다.

저자는 이 책에서 자신이 "공부를 사랑하는 사람"으로 남겨지고 싶다고 얘기한다. 어린 시절 누군가 공부가 즐겁다고 하면 이상한 사람으로 치부하고 넘겨버렸다. 하지만 성인이 되어 대학을 졸업하고서야 나도 공부를 즐기고 싶다는 아이디어에 매료되었다. 내가 해야 하는 현실적인 성적을 위한 공부를 하는 것도 소홀히 하면 안 되지만 정말 나의 마음 가는 대로 물 흐르듯 공부 자체를 즐기는 공부를 해보는 게 어떨까?

사이로 교수가 제시한 이 길을 통해 성숙한 성장을 이룰 그날이 기대된다.

Who is 오형진?

오형진

8년 전 유학 길에 올라 경제학을 전공했다. 현재는 한국에서 정치학 공부 중이다. 4년 동안 전공만 3번 바꿨다. 넓은 관심사로 구구절절 글 쓰는 것을 즐기려 한다.

헨리 키신저의
세계질서

by 김지훈

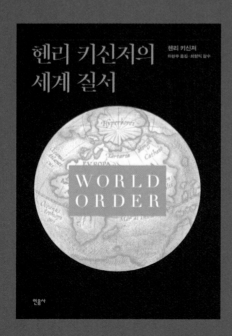

읽게 된 동기.

헨리 키신저의 세계질서라는 평범치 않은 책을 읽게 된 것은 엑스맨 때문이다. 엑스맨 시리즈를 좋아한다. 어린 시절 엑스맨 영화를 재밌게 보았고 그 영향으로 대학을 온 뒤에도 엑스맨 영화는 빼놓지 않고 보았다. 그 중 '엑스맨: 데이즈 오브 퓨처 패스트'라는 영화가 있다. 이 영화에 보면 파리 평화회의라는 것이 나온다. 영화 속 파리 회의에서는 베트남인과 미국인이 함께 만나는 내용이 나오는데 여기에서 왜 저런 회의가 발생했고 그 결과가 어떤 결과를 냈을까 하는 궁금증이 생겨 네이버에 파리 평화회의를 검색하게 되었고 그를 통해 헨리 키신저라는 미국의 현실주의적 외교관이라는 존재를 알게 되었다. 당시에는 거기까지만 인식하고 넘어갔었다.

그러다 작년 8월 대통령의 여름휴가 독서 추천 리스트와 관련한 어느 신문의 사설에서 헨리 키신저의 세계질서를 추천하는 글을 보았다. 세계 리더들의 필독서라고 표현한 것에 혹해서 그날 바로 저녁에 책을 샀던 것으로 기억한다. 사고 나서 훈련소에 들어가서 책을 한 번 읽었다. 당시 무슨 내용을 읽었는지도 기억이 안 날 만큼 대충 읽었고 모르는 부분은 그냥 넘어갔었다. 하지만 책 자체는 매우 흥미로운 주제였고 언젠가 한 번 제대로 마주하고자 하였다.

한줄평.

단 하나의 옳은 질서란 없다

서평

단 하나의 옳은 질서란 없다.

책의 앞부분을 한 줄로 요약하자면 위와 같을 것 같다. 각 문화권이 가진 세계질서라는 것이 어떤 것이며 어떻게 형성되고 발전되었으며 유지되었는가를 읽다 보면 그들의 맥락 속에서 그들이 추구하는 질서가 무조건 틀리지도 맞지도 않다는 생각이 든다.

세부적으로 이야기하자면 이슬람이 말하는 단 하나의 종교 문화권 아래의 세계질서도 어떻게 생각하면 통일된 문화를 통해 전쟁의 가능성을 영구히 없앤다는 인식 자체는 잘못된 것은 아니라는 생각이 들었다. 유럽이 주창하는 베스트팔렌의 체제는 겉보기엔 서로의 차이를 인식하고 균형을 추구한다는 것은 매우 평화적이고 매력적이지만 실상은 균형은 시시각각 변화하는 것이고 이 과정에서 국익을 위한 판단을 통해 오히려 더 많은 전쟁이 일어날 수도 있다. 동아시아의 문화권의 질서는 조공 질서로 겉보기에는 매우 굴욕적이지만 실제 적용은 실용적인 가치에 의해 이루어졌으며 국가 간 갈등을 방지하는 데 도움이 된다. 인도의 포용 주의적 세계질서는 모든 것을 융합하고 받아들이겠다는 것인데 너무 유약하며 전체로 확장하더라도 질서가 되기보다는 여전히 갈등을 방관하게 되는 문제가 있다. 결국 올바른 세계질서란 없다. 당장에 알맞은 질서가 있을 순 있으나 영원한 것은 아니며 어떤 방식으로든 문제가 발생할 수밖에 없다.

겉과 속이 다른 모순적인 미국

책은 뒤로 갈수록 미국의 입장에서 세계 각국과의 외교를 설명한다.

헨리 키신저라는 사람 자체가 지독한 현실주의자로 유명하고 그에 걸맞게도 그는 이상주의의 이상을 낮추어 본다. 그러면서도 현실주의자로서 이상주의적 탈을 쓰는 것이 중요하다는 것을 그 어떤 사람보다 잘 이해하고 있는 모습이다. 올바른 명분을 가지고 와서 국익을 위한 판단을 하는 것을 기본으로 하는 미국의 외교활동은 근본적으로 모순적이다.

앞서 세계의 다양한 질서를 논의했지만, 결론은 어떤 세계질서도 하나만 추구할 수는 없지만, 결과적으로 국익을 추구하는 외교를 해야 한다는 사실 하나만이 절대적이라는 그의 결론은 수긍이 가면서도 너무 냉철하다. 이런 인식을 가진 사람이 실제로 베트남 전쟁의 종결을 이끌어 미국의 장병과 자원을 아꼈다. 또, 키신저 본인도 이 업적을 통해 노벨평화상을 수상했다. 하지만 종전 후 베트남은 다시 일어난 전쟁에서 일방적으로 패배했으며 수많은 사람이 학살당했다. 나는 이것이 옳은 것이라는 생각하지 않는다.

개인적으로 국익을 우선한다는 개념도 이해하지만, 그와 동등하고 소중한 것이 이 지구 어디의 국가라도 개인의 기본적인 자유와 인권이 보호되어야 한다는 것이며, 이를 위해 세계 기구들이 존재한다고 생각한다. 이런 인식에 맞춰보면 미국은 유엔을 만들었고 유지하는 가장 큰 원동력이 되지만 동시에 가장 왜곡되게 이용하고 있다는 비판에서도 자유로울 수 없다고 생각한다.

미중 무역전쟁과 미소 항공우주기술 전쟁

역사는 반복된다. 미국은 과거 핵미사일 완성을 시도한 소련을 대상으로 나토를 발족시켰고, 소련이 최초로 인공위성을 발사하는 것을 보고 달 착륙을 목표로 미국에서는 생소한 국가 주도 기술 발전을 시도했다. 이 과정을 직접 참여하고 계획하기도 한 헨리 키신저의 설명을 읽다 보니 자동으로 현재 미·중 간의 무역전쟁이 떠올랐다.

그때도 지금도 압도적인 기술격차를 보여주어 상대를 굴복 시켜 세계 제일의 국가를 유지하려는 미국의 모습은 너무나도 닮았다. 다만 차이가 있다면, 미소 간 항공 우주 기술 경쟁은 지도자는 가장 진보적인 인사인 존 f 케네디에게서 시작되었고, 전 세계적인 지지를 받으며 시작됐다. 현재 미소 무역전쟁은 미국에서 가장 보수적인 대통령에 해당할 도널드 트럼프에게서 시작되었고, 전 세계적인 호응을 받지 못하고 있으며, 미국 내 여론도 긍정적이지만은 않다는 것이겠다.

책 속 키신저의 생각을 적용해보면 이렇게 양상이 비슷한 미국의 행위가 전혀 다른 지지를 받는 이유는 트럼프의 행위는 국익을 위한다는 현실주의적 관점에는 맞지만, 이상주의적으로 포장하는 것이 부족한 것이다.

미중 무역전쟁과 미소 항공우주기술 전쟁

이란과 미국의 갈등은 매우 흥미롭다. 미국은 이슬람 국가를 무조건 배제하거나 공격하지 않는다. 항상 그럴듯한 명분을 가지고 있었다. 이란과의 관계도 비슷하다. 미국은 이란이 이슬람 테러를 지원하고 있고 이를 통해 세계 평화에 위협이 된다는 것이다. 하지만 같은 혐의를 받는 사우디아라비아는 미국의 체제 속에 잘 편입되어 우방국의 하나로 인식된다. 이 또한 미국은 자신들의 국익을 추구하면서도 겉으로는 올바른 명분을 내세웠기 때문이다.

하지만 명분이 그럴듯했더라도 실제 미국이 이슬람 세계에 한 짓은 그들이 추구하는 세계질서와는 매우 다른 것 같다. 그들은 상호 인정을 기본으로 하는 베스트팔렌 체제의 세계 경찰을 자처했지만, 리비아, 이라크, 아프가니스탄을 점령 후 그들이 시도한 질서 유지책은 미국적 질서의 일방적인 강요였다.

보통 이란을 악의 축으로 보는 것이 세계적 여론이지만 이러한 맥락을
보다 보면 이란이 정말 나쁜 놈일까 하는 의문이 생기게 하는 대목이다.

동아시아 현대 질서의 축, 미국

동아시아 현대 질서를 논하면서 미국을 빼놓을 수 없다. 태평양이라는
세계에서 가장 큰 바다를 사이에 두고 있지만, 현대에 와서 미국은 동아
시아를 논할 때 빼놓을 수 없는 존재다. 보통 한미일 동맹의 축과 북·중·
러 동맹의 축이 대립하는 형태를 보이는 동아시아 질서에서 미국은 항상
중요한 역할을 담당하고 있고 이를 놓지 않으려 한다. 북핵 문제에서 그
러했고 중국과의 수교에서 그러했다. 하지만 책 속에서 이 과정 속 행위
자는 주로 미국과 중국이다. 거기에 더해 세계질서를 논하며 일본의 역
사와 외교전략을 이야기하긴 하지만 현대의 논의에서는 미국과 중국으
로 귀결된다.

특히 대한민국의 내용은 거의 없다시피 한다. 키신저가 이렇게 이해한다
고 해서 현재 미국 모두가 이렇게 이해한다고 할 수는 없지만, 키신저라
는 사람이 미국의 외교에 큰 영향을 주고 있음을 생각할 때 쉽게 넘어갈
수 없는 부분이다.

어렵지만, 미국을 이해하기 위해 읽어야 한다.

동아시아 현대 질서를 논하면서 미국을 빼놓을 수 없다. 태평양이라는
세계에서 가장 큰 바다를 사이에 두고 있지만, 현대에 와서 미국은 동아
시아를 논할 때 빼놓을 수 없는 존재다. 보통 한미일 동맹의 축과 북·중·
러 동맹의 축이 대립하는 형태를 보이는 동아시아 질서에서 미국은 항상
중요한 역할을 담당하고 있고 이를 놓지 않으려 한다.

북핵 문제에서 그러했고 중국과의 수교에서 그러했다. 하지만 책 속에서 이 과정 속 행위자는 주로 미국과 중국이다. 거기에 더해 세계질서를 논하며 일본의 역사와 외교전략을 이야기하긴 하지만 현대의 논의에서는 미국과 중국으로 귀결된다.

특히 대한민국의 내용은 거의 없다시피 한다. 키신저가 이렇게 이해한다고 해서 현재 미국 모두가 이렇게 이해한다고 할 수는 없지만, 키신저라는 사람이 미국의 외교에 큰 영향을 주고 있음을 생각할 때 쉽게 넘어갈 수 없는 부분이다.

Who is 김지훈?

김지훈, STEW

a.k.a 마르코. 알고 싶은 것도 보고 싶은 것도, 하고 싶은 것도 많은 대학생

June **06**

Magazine B
Chanel

by 이윤석

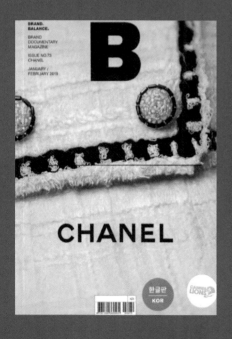

▲ *Magazine B. 인테리어 소품으로도 많이 활용되고 있다.*

읽게 된 동기.

상반기 취준 시즌이 끝나고 오랜만에 여유가 생겨 읽게 되었다. 이번에 읽은 샤넬은 1~2월호로 출간되자마자 사서 읽다가 본격적인 취업 시즌이 되면서 끝까지 못 읽었는데, 이번에 생각나서 다시 집어 들었다.

한줄평.   ★★★★★

샤넬이라는 브랜드, 나아가 패션계에 한 획을 그은 '가브리엘 샤넬'과 '칼 라거펠트'라는 인물에 대해 알 수 있었고, 샤넬이 모든 이들의 선망의 대상이 되는 럭셔리 브랜드로서 오랜 기간 지위를 유지할 수 있는 비결에 대해 조금이나마 이해할 수 있었던 뜻깊은 시간이었다.

서평

개인적으로 출간될 때마다 바로 사는 잡지가 두 권 있는데(물론 사기만
하고 읽지는 않지만…) 그중 하나가 바로 이번에 읽은 Magazine B다.
다른 하나는 하버드 비즈니스 리뷰인데, 개인적으로는 Magazine B를
훨씬 좋아한다. 잡지 자체가 워낙 디자인이 훌륭해서 소장 가치가 높기
도 하지만, 매월 엄선된 브랜드를 다양한 측면에서 볼 수 있다는 점은 물
론이고, 과월호까지도 소장 가치를 지녀야 한다는 그들의 철학에 공감하
기 때문이다(Magazine B에는 그래서 광고가 없고, 품절된 호를 꾸준히
재발행한다). 이번 달 6월호 G-SHOCK까지 총 77개 호가 발행됐는데,
한두 권씩 모으다 보니, 품절 된 호를 제외하고는 거의 모든 권을 소장하
게 되었다.

이번에 읽은 샤넬 같은 경우는 73번째 브랜드로, 1~2월 호이다.
Magazine B는 거의 출간과 동시에 바로바로 사는 편이라 샤넬호 역시
도 출간되자마자 사서 절반 정도 읽었었는데, 본격적인 취업 준비를 하
면서 마무리를 하지 못했다. 하지만 최근 상반기 시즌이 끝나고 시간 여
유가 생기면서 다시 읽게 되었고, '샤넬'이라는 브랜드에 대해 조금이나
마 이해하게 된 것 같다.

패션이나 명품에 대해 잘 모르지만, 본 편을 접하기 전 '샤넬'이라는 브
랜드는 내게 단순한 명품 럭셔리 브랜드? 그 이상도, 그 이하도 아니었
다. 루이비통, 에르메스, 프라다, 구찌, 디올과 같은 여타 명품 브랜드
같이 나오는 거리가 먼, 사회 상류층들이 향유하는 문화랄까. 다만, 나
와 접점이 있었다면 향수의 대명사라고 할 수 있을 정도로 유명한 '샤넬
No. 5' 향수를 꼽을 수 있다. 잘 기억이 나지 않지만 어렸을 때 집에 있
었던 것 같은데, 향이 굉장히 진했던 걸로 기억한다. 그 외에는 샤넬의
'칼 라거펠트'와 그의 고양이, 창업자 가브리엘 샤넬을 주제로 영화가 개
봉했다는 정도만 알고 있었다.

하지만 이번 호를 읽어보니, 샤넬이 이토록 오랜 기간 동안 명성을 유지할 수 있었던 이유가 분명히 있었다. 그 키워드는 창업자 '가브리엘 샤넬'과 디자이너 '칼 라거펠트', 다양한 시도가 넘치는 창의력의 보고 샤넬 컬렉션, 샤넬이 소유하고 있는 프랑스의 공방 연합 '파라펙시옹 (Paraffection)'을 꼽을 수 있다.

샤넬의 시작, '가브리엘 샤넬' 일명 '코코 샤넬'

▲ 샤넬의 시작,
가브리엘 샤넬
(Gabrielle Chanel)

샤넬이라는 브랜드는 1909년 '가브리엘 샤넬(Gabrielle Chanel)'에 의해 프랑스 파리에서 시작되었다. 애칭으로 유명한 '코코 샤넬'은 카바레에서 노래를 부를 때 그녀가 부른 곡들이 유명해지면서 해당 곡들의 명칭을 따서 붙여졌다고 한다.

오늘날 패션사를 논할 때 빼놓을 수 없는 인물이 바로 이 가브리엘 샤넬이라고 하는데, 그 이유는 그녀가 샤넬을 이끌며 히트시킨 No. 5 향수, 2.55백, 투톤 슈즈, 블랙&화이트 트위드 재킷 등 때문이 아니다. 바로 모던한 여성상을 창조해냈기 때문이라고 하는데, 가브리엘 샤넬은 당시 여성들을 억압하던 코르셋과 같은 답답한 속옷 대신 부드럽게 움직이는 팬츠를 선사하여 여성들에게 자유를 선사했다고 한다. 이후 원피스를 투피스, 쓰리피스로 구성하고, 장식을 제거하는 등 심플한 스타일의 재킷을 만들어 여성들의 움직임에 자유를 부여했다. 이러한 그녀의 사상은 그녀의 말에서도 잘 드러난다.

"Luxury must be comfortable otherwise it is not luxury.
럭셔리는 편해야 합니다. 그렇지 않으면 럭셔리가 아니에요."

"A dress that isn't comfortable is a dress that has failed.
편하지 않은 드레스라면 그것은 실패한 드레스입니다."

"Women are always too dressed up, but never elegant enough.
너무 과하게 차려입은 여성은 결코 우아하지 않아요."

"Always remove, never add.
항상 덜어내고, 더하지 마세요."

또한 그녀는 신축성이 좋고 부드러워 활동하기에 편해 남성 속옷에만 주로 쓰이던 저지 원단을 여성 드레스에 처음 사용하고, 손에 드는 클러치 형태의 백이 일상적이던 당시 옷을 입듯 어깨에 걸치는 디자인의 2.55 백을 내놓는 등 오늘날의 '모던한 여성상'을 창조해냈다고 한다.

*"셀 수 없이 많은 것을 성취해 온 샤넬이지만 그중에도 **샤넬이 '여성'의 움직임에 자유를 부여한 것을** 손꼽고 싶어요. 가브리엘 샤넬은 동시대 여성을 억압하던 코르셋 대신 부드럽게 움직이는 팬츠를 선사했고, 주머니를 추가했죠. 주머니에 손을 넣는 것만으로도 굉장히 파리지앵스러운 무심한 애티튜드를 연출할 수 있어요. **샤넬은 여성의 움직임을 자유롭게 함과 동시에 생각의 자유도 선물했다고 믿어요."***

– 캐롤라인 드 메그레(Caroline de Maigret),
음악 프로듀서, 모델, 샤넬 글로벌 앰배서더

*"저는 가브리엘 샤넬이라는 인물 자체에 끝없는 흥미를 느낍니다. **단지 뛰어난 패션 디자이너가 아니라, '모던한 여성'에 관련된 아이디어를 창조했기 때문입니다.** 독립적이고 자율적인 권한을 가진, 강하면서도 스타일리시한 이미지들요. (…)"*

– 저스틴 피카디(Justine Picardie),
〈하퍼스 바자 UK〉 편집장, 작가

위 인터뷰에서 처럼, 가브리엘 샤넬은 패션의 혁신을 통해서 여성들에게 움직임의 자유를 선사 했으며, 궁극적으로는 생각의 자유까지 선사 했다고 하니 왜 그토록 가브리엘 샤넬이 오랜 기간 동안 회자되는 지 조금은 알 것 같았다.

또한 현재 샤넬의 대표작으로 꼽히는 여러 제품들은 모두 가브리엘 샤넬 때 만들어졌다.

▲ 왼쪽 위부터 시계방향으로
'샤넬 No.5 향수', '2.55 백',
'투톤 슬링백 슈즈', '트위드 재킷'

패션 디자이너로만 생각했던 '칼 라거펠트'

▲ '칼 라거펠트(Karl Lagerfeld)'와 그의 고양이 '슈페트'

이번 호를 보기 전까지 칼 라거펠트에 대해 나는 매우 뛰어난 패션 디자이너이자 고양이 집사 정도로만 알고 있었다. 그러나 본 잡지의 여러 샤넬 관계자들의 인터뷰에 따르면, 칼 라거펠트는 패션 디자인 영역을 뛰어넘어, 모든 분야에 조예가 깊은 전문가라고 봐야 할 것 같다. 더군다나 이번 서평을 작성하며 알게 된 사실이 하나 있는데, 그는 보유하고 있는 책의 수가 무려 23~25만 장서에 이르는 독서광이라고 한다… 역시 본인 직업의 핵심 키워드를 'desire 욕망'이라는 단어 하나로 정의할 수 있는 통찰력은 괜히 나오는 것이 아니었다.

이번 호에 소개된 칼 라거펠트 관련 인터뷰는 다음과 같다.

"지나간 것보다는 늘 '다음'을 생각한다는 것이 제게는 가장 인상적이에요."

"(…) 특히 그의 문화에 관한 지식은 무시무시할 정도로 방대해서 곁에 있는 것만으로 많은 것을 배우게 되니까요. 음악, 패션, 예술뿐 아니라 최신 테크놀로지 같은 새로운 것 전반에도 관심이 많아요. 신제품이 나오면 남들보다 먼저 손에 넣어야 직성이 풀리는 얼리 어답터이고, 스스로를 예술가가 아닌 패션 디자이너라고 칭하는, 젊은 사고를 가진 사람입니다. 여성들이 아침부터 저녁까지 입을 수 있는 옷을 만들기 위해 사무실에 있을 때도, 길거리를 걸을 때도 언제나 주위 사람들과 차림새를 관찰하죠. 어떤 팀원이 액세서리를 착용했는지, 지나가는 사람이 스카프를 어떻게 묶었는지 등의 디테일을 단번에 포착해내는 그의 눈썰미는 마치 기관총 같아요. 한번은 촬영 중 그가 스타일리스트에게 모델이 입은 셔츠의 단추를 좀 매만져달라고 주문한 적이 있었어요. 스타일리스트가 "왜 그러시죠?"라고 묻자 그가 "단추 삐뚤어진 거 안 보이나요?"라고 하더군요. 제 눈에도 셔츠 단추는 멀쩡히 잘 끼워져 있었는데 말이죠. (웃음)"*

– 에릭 프룬더(Eric Pfrunder), *Image Director of CHANEL*

"그는 제가 아는 가장 박식하고 호기심이 많은 사람이자, 항상 미래를 바라보는 사람이에요. 또 굉장히 너그러우면서도 충실한, 일일이 나열할 수 없을 만큼 장점이 많은 대단한 존재죠."*

– 캐롤라인 드 메그레(Caroline de Maigret),
음악 프로듀서, 모델, 샤넬 글로벌 앰배서더

"전혀 어려운 질문이 아니네요. 오히려 굉장히 쉬운 질문이네요. **저는 라거펠트 씨만큼 예리한 안목을 지닌 사람을 처음 봤습니다. 미적 감각뿐만 아니라, 기술적 지식, 문화, 지성 등이 그 안목을 뒷받침하죠.** 그를 보면 헨리 데이비드 소로의 말이 떠오릅니다. '문제는 당신이 무엇을 보느냐가 아니라, 당신이 무엇을 인식하느냐이다.' 라거펠트 씨는 인식하는 사람입니다."

― 브누아 페베렐리(Benoit Peverelli),
포토 저널리스트

"**칼 라거펠트는 텔레파시 같은 본능, 심오한 지혜와 미적 천재성, 엄청난 기억력과 독서에 기반한 지식, 신들린 듯한 호기심을 갖춘 사람입니다. 개인적으로 그는 사람의 마음을 읽는 초능력을 지니고 있는 것 것 같아요.** 엑스레이 기계처럼 사람을 꿰뚫어 보죠. 그는 샤넬을 어디로 이끌어나가야 할지 잘 알고 있어요. (⋯) **패션업계에서 일하는 사람은 대체로 패션에만 꽂혀있기 쉬운데, 그는 그 이외의 모든 것에 대해서도 집중하는 능력을 겸비하고 있어요.**"

"한 가지 분명한 것은 그가 미래에 대해 굉장한 열정을 지니고 있다는 거예요. **어제도 라거펠트가 제게 말했어요. '내가 가장 좋아하는 일은 컬렉션을 만드는 거야'라고요.** 여러 번의 컬렉션을 준비하면서도 불가능이란 없다는 듯 영화 같은 전혀 다른 분야에 도전하는 게 그의 원동력이 아닐까요."

― 아만다 할레츠(Amanda Harlech),
Creative Consultant

"(…) 칼은 한마디로 설명할 수 없는 사람입니다. 창조적인 면 하나만으로 그를 규정할 수도 없어요. 그 이상의 무언가가 있죠. 그의 능력에 타고난 부분이 있는 것도 사실이지만, 또 그만큼의 노력을 아끼지 않는 사람이기도 합니다. 그의 창조성에 그만한 깊이가 있는 것은 절대 사고하기를 멈추지 않기 때문이에요. 칼은 주변의 모든 것을 느끼고 주변 사람들에게서 긍정적인 영향을 받을 줄 압니다. 그는 스펀지 같아요. 겉으로 보면 매우 차가운 사람이라고 생각할 수도 있겠지만, 매우 예민하면서도 남의 말에 귀 기울일 줄 알아요. 설령 본인을 보호하기 위해 차갑게 보일 때도 있을지 모르겠지만요. 그런 의미에서 정말 대단한 크리에이터입니다. 출중한 예술적 능력(특히 엄청나게 뛰어난 일러스트 실력)과 타고난 취향, 잘 받은 교육까지 범상치 않은 팔레트를 지녔죠. 거기다 본인의 팔레트를 매일 가꾸는 것을 게을리하지 않아요."

"그에게는 그 어떤 것도 완결된 것이 없습니다. 극도의 호기심을 가졌고, 피곤할지언정 결코 지치지는 않으니까 말이죠. 세상의 모든 것에 관심을 가진 그가 발산하는 에너지는 정말 놀라워요."

– 버지니 비아르(Virginie Viard),
CHANEL Creative Studio Director
(칼 라거펠트 타계 후 후임자로 임명되어 현재 샤넬을 이끌고 있다)

샤넬에서, 또는 샤넬과 함께 일하는 다양한 분야의 전문가들을 인터뷰했음에도, 칼 라거펠트와 관련된 질문에서는 그 대답이 참 한결같아서 놀랐다. 패션분만이 아니라 문화, 예술과 관련된 모든 분야에 관심이 많고, 다독을 통한 방대한 지식에서 나오는 날카로운 통찰력, 신제품이 나오면 가장 먼저 구매해야 직성이 풀리는 얼리 어답터에, 컬렉션 만드는 것이 가장 즐겁다고 말할 정도로 일에 대한 열정이 넘치는 사람. 모든 이들이 한결같이 말한 칼 라거펠트의 모습이다.

특히 인상 깊었던 부분은 그의 독서에 대한 열정이다. 보유하고 있는 도서관 수준의 어마어마한 장서 수도 그렇지만, 평소 유일한 취미가 독서라고 할 정도로 독서에 대한 애착이 깊었다고 한다. 역시 '독서'는 정말 분야를 막론하고, 모든 성공한 이들의 공통된 습관인 것 같다(다시 한번 스튜 독서 모임에 열심히 참여해야겠다는 생각을…).

비록 이제 더이상 그의 샤넬을 볼 수는 없겠지만, 칼 라거펠트는 정말 내가 생각하던 상상 이상으로 대단한 사람이었다는 생각을 다시 한번 하게 되었다. 아울러, 역시 위대한 인물은 그냥 나오는 것이 아니라는 점도 다시 한번 상기하게 되었다.

◀▼ *거의 도서관 수준…*
보유하고 있는 장서 수만
23~25만에 이른다고 한다.

패션쇼의 고정관념을 깨준 '샤넬의 컬렉션'

내게 있어 패션쇼는 항상 가운데에 긴 런웨이가 위치해 있고 양옆에 관객들이 앉아서 모델들의 워킹을 보며 박수를 치는 그런 모습이었다. 결국 쇼 자체가 '패션'을 선보이기 위해 펼쳐지는 만 만큼, 모델이나 옷이 중요하지 그 외에 무대나 배경 등까지 세세하게 신경 쓸 것이라고는 생각지도 못했다. 하지만, 본 잡지를 읽으며 본 샤넬의 컬렉션은, 정말 상상 이상이었다(개인적으로 패션에 대해 무지해서 그랬을 수도…).

참고로 샤넬은 1년에 열 번의 컬렉션을 발표한다고 한다. 다만 모든 컬렉션이 같은 수준의 규모는 아니라고 하며, 파리 패션 위크 기간에 선보이는 두 번의 레디투웨어 컬렉션과 오트 쿠튀르 컬렉션, 각각 5월과 12월에 열리는 크루즈와 공방(Metiers d'Art) 컬렉션 정도가 샤넬이 진행하는 '빅 이벤트'라고 볼 수 있다고 한다.

인상깊었던 샤넬의 컬렉션은 다음과 같다.

▲ 왼쪽 위부터 시계방향으로
'2019 S/S', '2019 F/W', '2018 S/S', '2017 F/W'

2019 Spring-Summer Ready-to-Wear Show
/프랑스 그랑팔레

▲ 프랑스 파리에 위치한 그랑 팔레를 해변으로 만들어 버렸다.

샤넬 쇼의 단골 무대인 프랑스 파리의 '그랑 팔레'에서 펼쳐졌는데, 위영상에서 볼 수 있는 것처럼 해변을 그대로 옮겨 왔다. 실제 해변의 모래를 가져왔고, 파도가 치는 모습까지 완벽하다. 이와 관련해 잘 설명한 해당 호의 글이 있어 옮겨 보았다.

"이날의 쇼장엔 많은 이의 짐작대로 여름 해변이 펼쳐졌다. 하지만 그 규모는 짐작 이상이었다. 그랑 팔레를 가로지르는 인공해변은 어느 자리에 서나 그 풍경이 한눈에 들어올 정도로 거대했으며, 규칙적인 파도를만들어냈다. 갈매기의 울음소리로 쇼의 시작을 알림과 동시에 모델들이모래사장 위로 걸어 나왔고, 몇몇 모델은 샌들을 손에 든 맨발 차림이었다. **샤넬의 연출력은 바로 이 지점에서 빛을 발했다. 모래사장이나 바다를 단순한 배경으로만 활용한 것이 아니라, 모델이 걷는 무대로 활용하며 특별한 인상을 남기도록 한 것이다. 모래사장 위를 걸으며 생기는**

미묘한 제스처와 리듬감은 패션쇼장을 실제 해변처럼 느끼도록 한다. 덕분에 트위드 재킷과 와이드 팬츠, 리틀 블랙 드레스 등 '샤넬 아이콘'은 엄숙함을 벗고 마치 지난 여름의 추억처럼 자연스럽게 많은 이를 매료시켰다."

참고영상 : The Spring-Summer 2019 Ready-to-Wear Show ― CHANEL, Youtube

2018 Fall-Winter Ready-to-Wear Show
/프랑스 그랑팔레

▲ 나무와 낙엽을 활용하여 숲을 만들었다.

실제 나무와 낙엽을 그대로 옮겨 놓아 그랑팔레를 숲으로 재창조했다.

참고영상 : The Fall-Winter 2018/19 Ready-to-Wear Show ― CHANEL, Youtube

2018 Spring-Summer Ready-to-Wear Show
/프랑스 그랑팔레

▲ 인공 폭포를 만들어 놓은 모습.

이번 호에서 설명해준 해변을 보고도 엄청 놀랐었는데, 딱 1년 전에는 이렇게 폭포를 갖다 놓았다

참고영상 : Spring-Summer 2018 Ready-to-Wear CHANEL Show, Youtube

2017 Fall-Winter Ready-to-Wear Show
/프랑스 그랑팔레

▲ *스페이스 센터를 만들어 놓은 모습. 가운데 로켓에 주목하라.*

스페이스 센터를 주제로 꾸며졌는데, 무대보다 인상 깊었던 건 마지막 부분의 로켓 발사 쇼였다. 해당 호에서 해당 쇼를 소개하는 글 일부를 발췌하자면 아래와 같다. 영상은 19분 24초부터 보면 된다

"피날레에서는 칼 라거펠트가 발사대에 올라 버튼을 누르고 무대 중앙에 설치한 우주선이 마치 실제처럼 불꽃과 연기를 내뿜으며 솟아오르는 장면을 연출했다."

이처럼 샤넬의 쇼는 단순히 앉아서 의상과 모델의 워킹을 보는 곳이 아니라, 무대, 배경, 음악까지 쇼를 위한 모든 요소들이 세심하게 고려 된 한 편의 종합 예술작품 같다는 느낌이 들었다. 쇼에 참가한 여러 셀럽과 관계자들에게 단순히 패션을 선보이는 것이 아니라, 이러한 다양한 측면에서 그들에게 특별한 경험을 선사한다는 점이 가장 인상 깊었다.

영상을 보면서, 쇼가 끝나면 이들이 자발적으로 샤넬의 팬이 되어 알아서 홍보를 할 것만 같았다. 실제로, 보그 코리아 편집장인 신광호씨의 인터뷰를 살펴보면 이러한 부분이 잘 나타나 있다.

"(…) 그랑 팔레를 커다란 브라세리(brasserie)로 만들고, 쇼가 끝나면 모델들이 런웨이의 일부이던 테이블에 앉아 커피를 마시고 빵을 먹어요. 쇼에 초청된 관람객은 그 사이를 다니며 함께 기념사진을 찍어 인스타그램에 올리죠. 별도로 광고할 필요도 없이 그랑 팔레에 모인 수천 명의 사람을 매체로 역이용한 겁니다. 셀피 시대의 도래를 가장 먼저 캐치하고 브랜드 이벤트, 퍼포먼스와 결합해 인스타그램이라는 미디어에 효과적으로 노출시키도록 하는 것은 정말 똑똑한 발상이었어요."

– 신광호, 〈보그 코리아〉 편집장

이외에도 샤넬이 더 대단한건, 위와 같이 무대를 꾸미기 위해 활용된 여러 소재들을 재활용 하여 환경까지도 생각한다는 점이었다.

"(…) 하지만 패션 산업이 지구환경을 오염시킬 수 있다는 걸 인지하고 있죠. 샤넬도 마찬가지로 그 부분에 대해 인지하고 있고요. 예를 들어 이번 2019년 봄, 여름 쇼에서 사용한 모래는 파리의 건설 사업에 재활용할 예정이고, 2018/19 가을, 겨울 쇼에 쓴 아름다운 나무들도 모두 재활용되었어요. 샤넬을 정의할 수 있는 가장 중요한 요소 중 하나인 트위드는 오래된 것과 새로운 것이 조합된 예술적이고 아름다운 패브릭이죠. 샤넬은 재고 상품을 태우지 않는 정책을 마련했고, 쓰이지 않은 트위드 패브릭을 다시 염색하거나 수를 놓아 재사용하고 있어요. 이런 노력의 일환도 브랜드가 걸어갈 미래의 한 부분이라고 생각합니다."

– 아만다 할레츠(Amanda Harlech), Creative Consultant

참고영상 : Fall-Winter 2017/18 Ready-to-Wear CHANEL Show, Youtube

26개 공방 연합 '파라펙시옹'

마지막으로는 프랑스 파리의 26개 공방 연합 '파라펙시옹 (Paraffection)'을 꼽을 수 있다.

"1900년대 초반만 해도 파리에는 300개가 넘는 깃털 공방이 있었지만, 1960년대에 들어서면서 단 50곳 정도만 명맥을 유지했다. 맞춤 구두를 만드는 공방들도 사정은 마찬가지였다. **유서 깊은 공방들이 사라지고 상대적으로 임금이 저렴한 제3세계로 수작업의 구심점이 이동하는 것을 막기 위해 샤넬은 1997년 자회사인 파라펙시옹을 설립하고, 파리 곳곳에 흩어져 있던 공방을 차례로 인수하기에 이른다. 모든 것이 빠르게 변화하는 4차 산업혁명의 전환점에서 이러한 샤넬의 행보는 오직 인간의 손에서 피어나는 예술인 전통공예를 보존함과 동시에 창의적이고 혁신적 아이디어를 불어 넣어 공예를 브랜드 미학의 일부로 편입시킨다.** *파라펙시옹은 오늘날 패션 하우스가 구축할 수 있는 가장 이상적인 에코 시스템이다."*

파리에 위치한 전통 공방들이 점차 사라지자, 샤넬이 1997년 자회사인 파라펙시옹을 설립하고 하나 둘 인수하기 시작했다는 것이다. 이러한 공방들은 현재 자수, 구두, 깃털, 모자, 주름 등 무려 26개에 이르는데, 샤넬이 이렇게 공방연합을 운영하는 이유는 아래의 글에서 잘 드러난다.

"브랜드의 혁신이란 최상급 품질을 유지하는 데서 비롯한다는 믿음을 가지고 있던 샤넬은 공방이 위기를 맞으면 전통 기술과 장인의 노하우를 바탕으로 하는 오트 쿠튀르의 기반이 흔들리고, 이는 패션 산업 전체의 위기로 이어질 것으로 예상했다. 이에 샤넬은 1997년 파라펙시옹 (Paraffection)을 설립해 공방을 후원함으로써 장인 정신의 전통을 생생하게 보존하고, 2002년부터는 매년 하나의 도시를 테마로 한 공방 컬렉션을 선보이며 장인들과 그들의 노하우에 헌정해왔다."

놀라운 부분은, 샤넬이 단순히 그들의 성공을 위해서 이 브랜드들을 인수한 것이 아니라는 점이다. 만약 그랬다면, 모든 공방은 샤넬과 전속 계약을 맺고 샤넬만을 위한 제품들만 생산해야 했을 것이다. 하지만, 샤넬은 그렇지 않았다. 현재 파라펙시옹에 속한 공방들은 다른 여러 브랜드들과도 협업하며 노하우를 공유하고 있으며, 공방 스스로 경쟁력을 지니도록 몇몇 공방은 자체 부티크를 두고 직접 고객을 상대하고 있다고 한다. 해당 호의 글을 빌리자면, 샤넬은 '장인 기술을 통해 완성하는 아름다움과 가치를 공동 자산'으로 보고 이를 공유하여 생태계를 만들어 나가고 있는 것이다. 또한 정기적인 공방 컬렉션을 선보이며, 이들 공방만을 위한 쇼를 매년 선보이고 있다.

이러한 샤넬의 모습을 보면서, 바로 이런 부분들이 우리나라와는 상반되는 것 같아 씁쓸했다. 우리나라 같은 경우도, 성수동의 제화거리 같이 전통 장인들이 그들만의 기술을 가지고 제품을 만드는 곳들이 있었다. 하지만, 그 가치를 높게 쳐주는 기업이 나타나지 않자 그러한 거리들은 대부분 자취를 감추었다.

소위 말하는 '장인'들은 하루 아침에 나오지 않는다. 이들이 수십 년에 걸쳐 갈고닦은 그들만의 기술은 분명 값어치를 매길 수 없는 값진 자산이다. 4차 산업혁명이 화두가 되고, 모든 인력이 자동화 되어 가는 시점이다보니 분명 값싼 인건비나, 작업의 신속성 등을 따지는 것 역시 중요하다. 그러나, 정말로 중요한 것은 전통과 기술의 조화가 아닐까.

이와 비슷한 질문에 대한 공방 관계자의 대답이 인상깊었다.
Q) 샤넬의 하이 주얼리 공방을 방문했더니 이미 3D 프린터와 장인들의 작업이 효율적인 방식으로 이루어지고 있더군요. 이러한 변화가 자수 예술 공방 르사주에서는 어떻게 반영되고 있나요?

A) 오늘날까지 자수를 사용한다는 건 시대의 변화에 맞춰 적절히 조화를 이루어가며 발전해왔기 때문이라고 생각합니다. 저 역시 항상 과거에 비해 새로운 것과 달라진 것을 찾으려 노력하고 있어요. **이런 노력의 일환으로 자수 드로잉의 사이즈를 컴퓨터로 조절하거나, 3D 프린터를 부분적으로 이용하는 등 신기술을 도입했지만, 이는 전통을 대체하려는 수단이라기보다 전통의 부족함을 보충해 더욱 완전하고 풍부하게 만드는 과정이라고 봐요.** 자수의 모든 과정을 기계로 진행하는 경우도 이미 마켓 내에 많지만, 그게 르사주의 역할은 아니라고 생각합니다. 르사주는 어디까지나 사람 손으로 이루어낸 정교함과 완벽함을 추구하는 공방이니까요. 그것이 우리 모두를 움직이는 원동력이고 어떤 것도 이를 대체할 수는 없어요.

- 위베르 바레르(Hubert Barrere),
Artistic Director, Maison Lesage

신기술이 전통의 부족함을 보충해 더욱 완전하고 풍부하게 만드는 과정이라고 본다는 답변에서, 그들의 자신감을 엿볼 수 있었다. 이처럼 전통 장인들을 존중하고, 직접 생태계를 이끌어 나가는 샤넬의 모습에서 왜 그토록 사람들이 샤넬에 열광 하는지 대강은 알 것 같았다.

이처럼 샤넬은 가브리엘 샤넬로 부터 시작하여, 칼 라거펠트라는 위대한 디자이너를 거치며 현재 글로벌 패션을 선도하는 럭셔리 브랜드로 자리 잡았다. 또한 다양한 창의적인 컬렉션을 꾸준히 선보이고, 오늘날 파리의 여러 공방 생태계를 가꾸어 나가는 등 패션계에 있어 없어서는 안 될 존재로 자리매김했다.

얼마 전 우연히 모 방송사의 '한끼줍쇼'라는 프로그램을 보게 되었는데, 그곳에 주름 공방을 운영하는 가족이 나왔다. 방송에 나온 부부는 수십

년간 한결같이 옷의 주름을 만드는 일을 했다고 하는데, 일을 하면서 수 많은 공방들이 문을 닫고 본인들의 공방만이 거의 유일하게 남아 있다고 했다. 오랜기간 동안 장인정신으로 한 업에 종사하는 그들이 대단하다 생각했지만, 다른 한편으로는 프랑스 파리의 '로뇽'이라는 공방과 대조 되어 씁쓸했다. 로뇽 역시 파리에서 옷의 주름을 전문적으로 만드는 공 방인데, 2013년에 파라펙시옹에 합류하였다고 한다. 그리고 샤넬은 로 뇽이 파라펙시옹에 합류하자마자 2013/14 가을, 겨울 오트 쿠튀르 컬 렉션에서 바로 오간자를 겹겹이 접어 덧댄 다양한 드레스를 런웨이에 줄 줄이 선보였다고 한다.

100년이 넘는 역사를 가진 브랜드들은 역시 괜히 만들어지는 것이 아니 었다. 겉 보기에는 엄청난 브랜드 값이 매겨진 화려한 명품일 수 있지만, 그 이면에는 강력한 아카이브를 바탕으로, 실루엣을 위해 재킷 끝단 안 쪽에 체인을 덧대는 등 눈에 보이지 않는 부분까지 놓치지 않는 디테일 에 신경쓰는 샤넬의 정신이 숨어있었다. 개인적으로 샤넬 제품을 살 일 이 앞으로 있을 지는 모르겠지만, 칼 라거펠트 타계 후 버지니 비아르의 샤넬이 앞으로 어떤 모습을 모일지 관심있게 지켜봐야겠다.

Who is 이윤석?

이윤석 , 은행원

2015년, STEW에 합류했다.
정신을 차리고 보니, 독서소모임과 경영소모임
을 하고 있다. 2016년 올해의 STEW인이다.

모피아

by 이윤석

읽게 된 동기.

스튜 독서 소모임 8월 지정 도서. 연간 수백 권의 책을 읽는 엄청난 다독왕 회원님께서 추천한 책이기도 했고, 오래간만에 읽는 소설이라 그런지 큰 기대 속에 읽었다.

한줄평.　　　　　　　　

세계를 움직이는 검은돈들이 어떻게 우리 삶을 파괴할 수 있는지 적나라하게 보여준 책. 소설 속에 펼쳐진 모피아들의 세계는 무서웠다. 우리가 정치와 경제에서 벗어날 수 없는 이유에 대해 잘 보여준다.

서평

재정경제부 출신 인사들을 마피아에 빗댄 합성어 '모피아'. 스튜 독서 소모임 덕분에 오래간만에 굉장히 재미있는 소설을 읽었다. 작년에 해리포터 시리즈를 읽은 뒤 올해 처음으로 읽은 소설인데, 너무 재미있어 2주 동안 읽을 예정이었던 책을 3일 만에 다 읽어버렸다.

소설 자체는 정말 재미있었지만, 실제 소설 안에서 펼쳐지는 내용은 전혀 그렇지 않았다. 오히려 섬뜩할 정도로 무서웠다. 소설 속에 펼쳐진 모피아들의 경제 쿠데타는 철저히 비밀리에 진행되지만, 그 결과는 온 국민에게 엄청난 영향을 미치는 것이었다. 소설에서는 다행히 '오지환'으로 대표되는 국가 측이 승리하였지만, 만약 그 반대였다면 대한민국이라는 나라 자체가 지옥 속으로 빨려 들어갔을 것이다.

하지만 정말 큰 문제는, 이렇게 경제와 관련된 문제들은 대부분 온갖 어려운 전문용어들로 포장이 되어 있어서 일반인들은 왜 자신들의 처지가 그렇게 되었는지조차 모른다는 것이다. 정작 경제 위기의 핵심은 대부분 금융가의 도덕적 해이로부터 비롯된 경우가 많지만, 결국 이들이 초래한 문제를 해결하기 위해 온 국민이 피땀 흘려 번 돈이 투입된다.

"물은 높은 곳에서 낮은 곳으로 흐른다. 그러나 권력은 낮은 곳에서 높은 곳으로 향한다. 그렇다면 돈은? 더러운 곳에서 더 더러운 곳으로 향한다. 그리고 없는 사람들의 작은 돈이 모여 강한 사람들의 큰돈이 된다. 가장 더러운 사람은 감옥에 가는 것이 맞겠지만, 그런 일은 벌어지지 않는다. 2008년, 글로벌 금융위기가 벌어진 후, 누구 한 명 잘못했다고 나섰던 사람이 있고, 누구 한 명 감옥에 간 사람이 있는가? 1997년, 한국에서 외환위기가 터진 후, 감옥에 간 사람은 물론이고, 사과한 사람이 한 명이라도 있었던가? 돈이 관여된 전쟁에서는 자기 돈이 어디로 가게 되는지 그리고 최종적으로 어디로 가는지는 물론이고, 자신들이 왜 죽는지도 모르고 죽게 된다. 글로벌 금융위기나 IMF 사태 때, 실업으로 자신의 경제적 삶이 붕괴된 사람들이 도대체 무슨 이유로 자기가 그렇게 거리로 내몰리게 되었는지 알 수 있었을까? 착하디착한 대한민국 국민들은 실제로 그 상황을 만든 사람들이나 자신들을 그렇게 방치한 사람 대신, 자신을 원망하면서 오늘도 힘겨운 삶을 버텨낸다."

책을 읽으며 가장 와 닿았던 구절 중의 하나인데, 특히 '돈이 관여된 전쟁에서는 자기 돈이 어디로 가게 되는지 그리고 최종적으로 어디로 가는지는 물론이고, 자신들이 왜 죽는지도 모르고 죽게 된다'는 부분이 가장 인상 깊었다.

정말 무서운 말이지만, 이미 우리가 사는 자본주의 세상에서 여러 차례 현실화하였다. 1998년 외환위기 때 기업을 살리기 위해 수많은 정부의 돈이 투입되었고, 온 국민이 금 모으기 운동을 통해 힘을 보탰다. 2008년 미국 서브프라임 사태 때에도 결국 미정부가 천문학적인 공적자금을 들여 문제를 일으킨 금융기관을 구제한다. 정작 위기를 초래한 장본인들은 따로 있는데, 그 피해는 고스란히 온 국민, 아니 전 세계로 돌아간다.

저자가 서문에서 소개한 다큐멘터리 영화 '인사이드 잡(Inside Job)'을 보면 이런 내용이 나온다.

▲ 미국 서브프라임 사태를 다룬 다큐멘터리 영화 〈Inside Job〉의 한 장면

"왜 금융공학자들은 4배에서 100배를 일반 직장인들(engineer)보다 더 받습니까? 공학자들은 진짜 다리를 만들고, 금융 분야 공학자들은 꿈을 만들어낼 뿐입니다. 그런 꿈들이 악몽으로 밝혀지면, 다른 사람이 비용을 지불합니다."

– 다큐멘터리 영화 〈Inside Job〉 중

'다른 사람이 비용을 지불한다' 결국 우리가 정치와 경제에서 벗어날 수 없는 이유다. 소설 모피아와 인사이드 잡을 보면서 궁금증이 더 커졌다. 과연 우리나라는 어땠을까. 너무 어릴 때라 내 기억은 '아나바다 운동'밖에 없지만, 외환위기에 대해 궁금해졌다.

그런 마음에 모피아, 인사이드 잡에 이어 우리나라 외환위기를 다룬 영화 '국가 부도의 날'을 보았다. 영화에 등장하는 여러 인물이나 세부 내용은 픽션이라는 점을 고려하더라도, 영화 속에서 펼쳐진 내용은 역시나 모피아들의 행태와 서브프라임 사태 때와 다르지 않았다.

자본주의의 꽃은 '금융'이고, 금융의 핵심은 바로 신용 창출이다. 금융공학 덕분에 실제 발행된 화폐의 수백 배, 수천 배의 경제적인 효과를 누릴 수 있다. 그리고 그 덕분에 오늘날 전 세계 경제가 이만큼 발전할 수 있었던 것도 사실이다. 하지만 그 이면에 가려진 추악한 진실을 마주하기는 쉽지 않았다.

물론 여러 경제 위기를 겪으며 바젤 협약과 같은, 금융을 규제하기 위한 시도가 계속되고 있어 점점 좋은 방향으로 나아가고 있긴 한 것 같다. 그러나 개인적으로 '돈'을 벌고자 하는 인간의 탐욕을 완벽히 통제하는 것은 불가능하다고 생각한다.

어느 한 실험에서, 사람들에게 돈이 보상으로 주어지는 게임을 시켰을 때 마약을 할 때와 유사한 부분이 뇌에서 활성화되었다고 한다. '돈'은 자본주의 사회에서 그만큼 강력한 유인이다. 그렇기 때문에 우리는 경제를 알아야 한다. 이처럼 모피아는 평소에 잊고 지냈던 '경제'의 중요성에 대해 되돌아볼 수 있게 해 주었다.

이외에도 소설을 읽으며 내내 머릿속을 맴돌았던 질문이 3개가 있다.

첫 번째, "왜 이현도는 오지환을 대통령에게 추천했을까?"

두 번째, "미국 펜타곤을 움직일 정도로 엄청난 거물 김수진은 왜 하필 오지환과 사랑에 빠졌을까?"

세 번째, "오지환은 어떻게 마지막까지 이현도 일당과 싸움을 계속할 수 있었을까?"

먼저 첫 번째. 모피아의 수장 이현도가 추진하던 경제 쿠데타는 결국 그가 청와대에 추천한 오지환에 의해 실패로 끝이 난다. 따라서 소설을 읽는 내내 이현도가 왜 오지환을 대통령에게 보냈을까? 라는 질문이 계속 맴돌았다. 이에 대한 답은 책 중간중간에서 힌트를 얻을 수 있었는데, 그중 하나는 다음과 같다.

김수진이 오지환에게 찾아가 청와대 경제특보로 임명될 것이라는 사실을 미리 전해주면서 이렇게 말한다.

"영감(이현도)이 대통령에게 차리는 마지막 예의 같은 거예요. 이제 곧 공격이 시작될 텐데, 방어할 수 있는 여지는 남겨주고 싶다는 거예요."

김수진의 말처럼 책 곳곳에는 대통령에게 오지환을 보험용으로 추천했다는 이야기가 나온다. 하지만, 단순히 대통령의 '보험'용으로 추천했다는 건 무언가 성에 차지 않았다. 그러다 서평을 쓰면서 문득 이런 생각이 들었다. 이현도는 이렇게 생각하지 않았을까?

'오지환 정도가 아니면 내 공격을 알아차릴 청와대 인사는 없다. 그렇게 되면, 내 공격에 멋모르고 덤비다가 대한민국 경제가 무너질 수 있다. 따라서 대통령 옆에서 돌아가는 상황을 정확하게 볼 수 있는 인물이 필요하다.'

이현도는 미리 매집한 공기업의 해외 발행 채권을 무기로 본인이 원하는 대로 대한민국을 좌지우지하고 싶었을 것이다. 하지만 대한민국 경제가 무너지면 본인이 구상한 모든 것이 물거품이 된다. 따라서 이현도의 베스트 시나리오는 대통령이 본인의 협박에 겁을 먹어 싸움을 포기하고 굴복하는 것이었을 것이다.

그리고 이를 위해서는, 옆에서 그만큼 압도적인 전력 차가 난다는 사실을 대통령에게 알려줄 사람이 필요하다. 이현도는 그 인물로 오지환을 점찍은 것이 아닐까? 그래야만 싸움을 피하고 본인이 원하는 대로 할 수 있었을 테니 말이다.

하지만 이현도가 생각했던 것보다 오지환은 강력했다. 오지환은 이현도에게 굴복하지 않았다. 준비했던 돈이 다 떨어지는 절체절명의 위기 속에서 오지환은 동영상을 찍어 전 세계에 호소한다. 그리고 결국 이 호소를 통해 싸움에서 승리해 대한민국 경제를 지켜낸다.

두 번째. 소설에 등장하는 김수진이라는 여성은 어마어마한 거물이다. 미국의 펜타곤을 움직일 수 있을 정도로 엄청난 브로커로, 초반에는 이현도와 로펌 롱골드를 도와 한국 경제를 전복시킬 시나리오를 세운다. 하지만 그 과정에서, 오지환을 만나 사랑에 빠진다.

이 둘은 양쪽 진영의 대척점에 서 있던 적이라고 볼 수도 있다. 이현도의 계획을 알아채고 막으려고 했던 게 오지환인데, 김수진은 이현도와 일을 하면서도 오지환을 돕는 굉장히 이중적인 모습을 보인다. 그리고 결국 김수진은 브로커 일을 그만두고 오지환과 결혼한다.

특히 이현도의 모피아 세력과 오지환의 국가 세력의 마지막 경제 전쟁 때 김수진은 자신의 사비 1조 원을 털어 오지환을 돕기도 한다. 처음에는 이해하기가 쉽지 않았다. 적으로 만났던 오지환과 김수진이 사랑에 빠질 수 있었던 이유가 무엇이었을까 고민을 굉장히 많이 했다.

그런데 서평을 쓰며 소설을 찬찬히 다시 보다 보니 어느 정도 실마리가 보였다.

"자신은 정의롭지 않더라도 정의로운 것 아니, 정의를 위해서 눈물을 흘리는 모습에 애정을 느끼는 것이 바로 인간이다."

오지환이 스위스 은행에 돈을 빌리러 갔다가 실패한 뒤, 김수진을 만나 술을 마시며 우는 장면에서 나오는 말이다. 김수진은 평생을 정의와 거리가 먼, 철저하게 경제적인 이득에 의해 움직였던 여인이다. 그런 여인이 정의를 위해 눈물을 흘리는 오지환을 보며 애정을 느낀다.

또한 본격적인 교제 이후에 오지환은 김수진에게 스와로브스키 귀고리 세트를 선물한다. 선물하며 멋쩍었는지, "아주, 아주 싼 거야. 그냥 크리스털이 좋아서"라는 말을 덧붙인다. 그리고 귀고리를 찬 뒤 어떠냐고 물어보는 김수진의 질문에 오지환은 "곱다, 참 곱다"라고 답한다.

그리고 이어지는 부분에는 이런 내용이 쓰여 있다.

"곱다, 참 오래된 말이지만 중년의 사랑에는 이만한 찬사도 없다. 김수진은 수많은 남자에게 아름다움에 대한 찬사를 지겹도록 들었다. 그러나 진심으로 자신에게 곱다고 말하는 남자는 없었다. 자신의 힘이나, 힘에 굴종한 사람들은 절대 그런 말을 하지 못한다."

결국 이 부분에 답이 있었다. 자신의 힘에 굴종하지 않고, 온전히 사람 김수진으로 봐주는 남자. 돈이나 배경이 아닌, 김수진이라는 사람을 오롯이 봐주는 남자. 실제로 오지환은 대통령이 김수진의 정체를 알아채자 미련 없이 사직서를 내고 김수진을 택한다.

이런 말을 하기 조심스럽긴 하지만, 일반적으로 나이가 들수록 사람보다는 서로가 가진 배경이나 조건들을 많이 보게 되는 경향이 있는 것 같다. 속된 말로 연애 상대와 결혼 상대가 다르다는 이야기가 나오는 것 역시 같은 맥락일 것이다. 특히 김수진과 오지환은 둘 다 이미 결혼을 한 번 했기 때문에 더욱 조심스러웠을 것이다. 더군다나 오지환은 딸이 있고, 김수진은 그 누구라도 두려워할 만한 어마어마한 거물이다. 하지만 오지환은 그런 배경에 휘둘리지 않았다. 김수진이라는 사람에 집중했고, 김수진과 다른 정의로움이 있었다. 바로 이런 부분이 일명 '무기녀' 김수진의 마음을 움직이지 않았을까?

마지막 질문은 '오지환은 어떻게 마지막까지 경제를 지키기 위해 노력할 수 있었는가'라는 것이다. 얼핏 보면 당연한 이야기일 수 있다. 한국은행

팀장이자 청와대의 경제수석. 한 나라의 경제를 총괄하는 자리에 있는 만큼 우리 경제를 마지막까지 수호하는 건 당연한 책임이자 의무일 것이다.

하지만, 그 자리에 앉아 있는 건 결국 '사람'이다. 자신의 선택에 따라 수천만의 국민이 위험에 빠질 수 있었다. 한 국가의 경제가 무너지냐 마느냐의 경계에서, 만약 진다면 돌이킬 수 없는 파국으로 치달을 수 있는 절체절명의 위기 상황 속에서, 그냥 패배를 시인하고 안전한 길을 택하는 방법도 있었을 것이다.

하지만 오지환은 싸우기로 하고 밀어붙인다. 마지막 위기 상황에서는 동영상을 찍어 전 세계에 호소한다. 이때 오지환은 두렵지 않았을까? 실패로 끝났을 때의 책임은 자신은 물론이고 온 국민이 져야 하는데, 그 엄청난 중압감을 어떻게 이겨낼 수 있었을까? 그 정도로 본인의 정의에 대한 신념이 강했을까? 개인적으로 쉽지 않은 질문이었다.

그러다 문득 그 답이 딸 현주에게 있지는 않을까 하는 생각이 들었다. 청와대 경제수석이기 이전에 한 가정의 가장으로서, 현주의 아버지로서 떳떳해지고 싶지 않았을까? 정의가 불의에 굴복하는 세상을 딸에게 넘겨주기 싫었던 것은 아닐까?

실제로 오지환과 대통령의 주변에는 이상대나, 대통령의 비서실장 등 불의에 굴복하지 않고 더 좋은 세상을 만들기 위해 노력하는 이들이 끊임없이 등장한다. 그리고 이들의 노력으로 결국 모피아 일당을 물리친다. 더 좋은 세상을 만드는 것, 그것이 바로 정치의 소임이고 경제의 소임이라고 생각한다. 그렇기에 정의가 결국 승리한다는 뻔하디뻔한 결말이었음에도, 식상하지 않고 참 다행이라는 생각이 들었다.

마무리

소설 속에 펼쳐진 모피아들의 세계는 무서웠다. 자본주의 경제 체제하에서 일반인들은 알기 힘든, 세계를 움직이는 각종 검은돈의 힘 싸움을 우리나라 경제에 빗대어 기가 막히게 풀어냈다. 책의 내용은 허구일지 모르나, 실제 현실은 더하면 더했지 못하지 않을 것이다.

나는 개인적으로 금융 공학자들보다는, 실제로 다리를 만드는 공학자들이 더 대우받는 세상이 옳은 세상이라고 믿는다. 하지만 자본주의 사회에서는 '돈'이 무기가 되고 돈을 틀어쥐고 있는 사람들이 곧 권력이 되었다. 그리고 소설 모피아는 이 돈이 잘못 쓰일 때 우리 삶이 얼마나 위협받을 수 있는지 보여주었다.

최근 들어 국제 정세가 심상치 않다. 트럼프 대통령으로부터 촉발된 보호무역주의가 전 세계를 집어삼키고 있고, G2로 불리는 미국과 중국이 무역 전쟁을 벌이고 있으며, 옆 나라 경제 대국 일본은 우리나라에 수출 규제 정책을 시행하고 있다. 그리고 결국 이러한 모든 문제의 핵심은 바로 경제이고 돈이다. 우리는 경제를 알아야 한다. 그래야만 눈 뜨고 당하지 않을 수 있다.

August **08**

결정, 흔들리지 않고 마음먹은대로

by 장준혁

읽게 된 동기.

2018년 11월, 광안리에서 에어비앤비를 운영할 때 인테리어 소품으로 구매한 책이다. 에어비앤비를 정돈하며 초반부를 읽었는데, 포커 얘기가 나오길래 의아했다. 결정에 대해 이야기하는 책에 포커가 무슨 상관이 있을까?

한줄평.

우리는 최고의 결과와 최고의 의사결정을, 그리고 최악의 결과와 최악의 의사결정을 구분할 수 있는가?

서평

저자는 독특한 이력을 지녔다. 인지심리학 석사, 박사 과정을 밟다가 20년 간 전문 포커 플레이어 경력을 쌓은 것이다. 그 과정에서 저자는 포커를 통해 의사결정을 배우게 됐다. 한 포커 게임이 시작하기부터 끝나기까지 각 플레이어는 대략 2분의 짧은 시간 동안 스무 번 남짓 의사결정을 하게 된다. 이는 즉각적인 피드백으로 이어지기 때문에, 의사결정을 연구하기에는 훌륭한 연구소였다.

저자는 이러한 경험을 바탕으로 배팅하듯 사고하는 것이 우리 미래에 얼마나 중요한지, 이를 위한 방법은 어떤지를 흥미롭고 호소력 있게 전달한다.

의사결정의 질과 결과의 질을 동일시하는 사고방식, '결과로 판단하기'

사람들은 결과론적으로 판단하는 경향이 있다. 주식 투자를 하는 사람은 원하는 수익이 나면 잘했고, 손해를 봤다면 못했다고 본다. 아무리 심사숙고해서 상권을 분석하거나 사업 전략을 짜서 최선의 결정을 내려도 결과가 안 좋다면 우리는 쉽게 후회하며 자책한다.

저자는 이러한 사고방식에 치명적인 오류가 있다는 점을 일깨운다. 우리는 사후확증편향, 즉 결과와 의사결정 사이 밀접한 관계를 쉽게 인식하지 못한다는 점이다. 음주운전을 해서 집에 무사히 도착했다 하더라도, 이는 좋은 의사결정이었다고 볼 수 없다. 결과가 좋아도 의사결정의 질이 나빴을 수도 있다는 말이다. 물론 그 반대도 충분히 가능하다.

"인생은 체스가 아니라 포커다."

운의 개입이 없이 실력으로만 대결하는 체스와 달리, 삶에서 모든 결과는 실력과 운의 영향을 받는다. 그렇기에 우리는 '결과가 안 좋았기 때문에 잘못된 결정이었어' 또는 '결과가 좋았으니 잘했네'라고 섣불리 판단하지 않도록 주의해야 한다. 불확실성을 인정하는 것은 불편하지만 기꺼이 내가 얼마나 불확실한지를 인정할 수 있어야 한다. 그렇지 않으면 '오늘 음주운전을 했지만, 집에 잘 들어왔으니 앞으로도 괜찮을 거야'라고 생각하는 것과 다를 바가 없는 것이다.

"원치 않은 결과가 나왔다고 해서 우리의 결정이 틀린 것은 아니다."

우리의 믿음을 돌이켜봐야 하는 이유

책의 내용 중 가장 충격적으로 와닿았던 점은, 사람들은 자신이 무언가를 들었을 때 판단하고 믿음을 형성한다고 생각하지만, 진실이라고 믿는 경향이 있다는 점이다. 새로운 정보를 접했을 때 기본값은 '믿는다'인 셈이다. 심지어 어떤 정보가 거짓이라는 점이 명시되어 있어도 말이다. 또한 한 번 믿음을 형성하고 나면 접하는 근거를 이 믿음에 맞추는 경향이 있으며, 잘못된 믿음을 바로잡을 명확한 정보를 접해도 처음 믿음을 유지하기도 한다.

이에 대한 개인적인 경험도 있다. 고등학교 시절 친구와 친구가 저녁 식사 중 사과를 먹는 것을 봤다. 나는 "저녁에 사과 먹으면 독이라던데?"라고 말했다. 친구는 처음 듣는다며 왜 그런지를 물었고, 나는 그제서야 이 말의 출처는 어머니며, 다른 곳에서 검색해볼 생각조차 하지 않고 바로 믿었다는 사실을 자각했다.

친구가 그 자리에서 스마트폰으로 그렇지 않다는 검색 결과를 보여줬음에도, 나는 친구가 찾은 정보는 넘기고 내 의견에 맞는 블로그 검색 결과를 보여주며 "봐봐"를 연발했다. 저녁에 먹는 사과에 대한 내 믿음이 확실하지 않다는 것을 인정하고, 수정하기까지는 꽤 오랜 시간이 걸렸다.

비슷한 예로 2000년대에 한국에서 선풍기 사망설이 있다. 선풍기 사망설이 진실이 아니라는 연구 결과가 나와도 이를 쉽게 믿지 못하고 선풍기를 조심스러워하던 사람이 많았던 것도 이와 같은 맥락일 것이다.

이 경우 우리가 자신의 그릇된 믿음을 깨기 위해서 저자가 제시하는 방법으로 '내기하기'가 있다. 내 발언에 대해 다른 사람이 "내기할래?"라고 말하는 순간, 우리는 맹목적으로 믿고 있던 사실의 출처, 정보의 최신 성 등을 그제야 돌이켜보기 시작하는 것이다. 물론 만나는 사람마다 "내 기할래?"라고 물을 필요는 없지만, 스스로 질문하면서 훈련을 해볼 수 있다. 내 경우 저녁 식사를 함께한 친구가 "저녁에 먹는 사과가 독인지 뭘 걸 수 있어?"라고 물어봤다면, 나는 사실 이에 대한 과학적인 근거가 없다는 사실을 조금 더 빨리 인지했을지도 모르겠다.

무엇보다 우리는 각자의 믿음에 불확실성을 포함할 필요가 있다. 이를 통해 '옳다'와 '그르다'는 흑백 논리에서 벗어나 의도적 합리화를 피할 수 있으며, 믿음에 어긋나는 정보를 접해도 더욱 객관적인 입장을 취할 수 있다. 지나치게 확신에 차 있으면 다른 사람들이 이의를 제기하기 비교적 어려운데, 불확실성을 표현함으로써 그들의 협력을 유도한다는 점 또한 하나의 혜택이다.

더 나은 결정을 내리기 위해서 나는

저자의 오빠가 2004년에 토너먼트 결승전의 해설을 맡은 날 우승한 프로 선수 필 아이비와 함께 저녁 식사를 했다. 아이비는 자신의 승리를 축하하기보다 저자의 오빠에게 각각의 전략 결정에 대한 피드백을 요청했다고 한다. 주변에서 (우선 나부터) 성취를 거둔 날 자기만족보다 의사결정을 되돌아보는 것을 우선시한 경우를 본 적이 없기에 매우 인상 깊은 경험담이었다.

장기적으로 우리 인생을 봤을 때, 당장 만족스러운 결과물을 얻는 것보다도 중요한 것은 그 결과물로부터 배우는 것이다. 안타깝게도 결과물 그 자체만 놓고 보았을 때 우리가 어떠한 점을 배울 수 있는지는 명확하지 않다.

"어떤 결과물로부터 무엇을 배워야 할지 — 아니면 아예 배울지 말지 — 알아내는 것은 또 다른 배팅이 된다. 결과물이 나올 때 그것이 운에 의해 만들어졌는지, 아니면 우리가 내린 특정한 의사결정의 예측 가능한 결과물이었는지 알아내는 것은 후에 엄청난 여파를 가져올 수 있는 또 다른 배팅이다."

결과물로부터 유의미한 배움을 얻기 위해서 우리는 무엇이 실력의 영향이고 무엇이 운의 영향인지 구분할 수 있어야 한다. 이는 생각보다 복잡하고 어려운 일이다. 좋은 결과는 실력이며 나쁜 결과는 운을 탓하려는 자기 위주 편향의 영향 때문이다.

저자는 자아상을 긍정적으로 업데이트할 근거 변경을 추천한다. 다른 사람과 비교해 내가 잘하고 있다는 확신을 얻으려는 사람의 타고난 경향을 다르게 활용해보는 것이다. 예를 들어, 나는 주변 사람들보다 타인의 실력 또는 내 실수를 더 잘 인정하거나, 더 잘할 수 있었던 부분을 찾아내려고 노력하는 사람이라는 점에서 자부심을 얻어보는 것이다.

또한 저자는 우리가 결과를 해석하는 과정을 배팅처럼 인식해보는 것을 권한다. 배팅한다고 생각하면 믿음을 다시 자세히 살펴보며 암묵적으로만 고려하던 것을 명시적으로 짚어본다. 이 과정에서 대안적인 가설을 시험해보며 우리는 비교적 심적 부담을 덜 겪으며 기존 믿음에 합리적인 수정을 가할 수 있게 된다.

발전적인 지식공동체가 되기 위한 조직의 특징

스타트업 예비 창업가인 내 입장에서 가까운 미래의 가장 큰 과제는 조직 문화와 분위기를 주도하는 것이다. 어떠한 규칙을 세우고, 어떠한 분위기를 장려해야 우리가 바람직한 성장을 할 수 있을까? 뚜렷한 하나의 해답이 없기에 더욱더 어려운 과제로 다가온다. 다행히 〈결정, 흔들리지 않고 마음먹은 대로〉에는 나에게 꽤 자세한 가이드라인이 돼 준 단비 같은 내용이 담겨 있었다.

특정 시각을 합리화하는 경향인 확증적 사고를 피하고 대안들을 공평하게 고려하는 탐색적 사고를 독려하기 위해서는 다음과 같은 규율을 명시해야 한다.

(1) 그룹 내 진실 추구와 객관성, 열린 마음을 보상하며
    정확성(확증성말고)에 집중.

(2) 자신의 의견이나 주장에 대해 설명할 책임
    (사전에 회원들에게 고지되어야 함)

(3) 다양한 생각에 대한 개방성

조금 더 풀어쓰자면, 정확성과 솔직함에 사회적 인정이라는 보상을 하여 조직원들의 내적 동기부여를 이끌어야 한다. 동시에 '운이 나빴어'와 같은 확증적, 편향적 사고를 만류하며 동시에 통제할 수 있는 것을 찾고 이에 대한 의사결정의 질을 높이는 분위기를 장려해야 한다. 동시에 서로 의견, 행동, 믿음에 대한 책임을 물을 수 있어야 한다. 그리고 다양한 의견이 나올 수 있도록 토론을 장려해야 한다. 어떠한 전략의 방향성을 정하고자 할 때, 해당 전략에 대한 반대 의견도 현명한 결론 도출에 있어 중대한 역할을 할 수도 있다.

더 나아가 발전적인 지식공동체가 되기 위한 CUDOS 모델에 대한 설명도 이 책을 통해 접할 수 있었다.

Communism 공유주의:
데이터는 개인이 아닌 전체에 귀속된다.

Universalism 보편주의:
주장과 증거가 어디에서 나온 것이든 보편적인 잣대를 적용하라.

Disinterestedness 무사무욕주의:
그룹이 하는 평가에 영향을 미칠 수 있는 잠재적인 갈등을 경계하라.

Organized Skepticism 조직화된 회의주의:
소통과 반대 의견을 장려하기 위해 그룹 내에서 토론하라.

공유주의의 관점에서, 그룹이 생산적인 진실 추구를 하기 위해서는 세부 내용을 공유하겠다고 합의해야 한다. 이 맥락에서, 토론할 때에는 일부 정보를 누락하지 않도록 의식해야 하며, 서로 세부적인 내용을 뽑아내기 위해 활발하게 질문을 해야 한다. 그리고 정확하고 객관적인 현실 평가를 제공하는 사람에게 보상할 필요가 있다.

보편주의 규범을 실천하기 위해서는 메시지와 메시지 전달자를 분리시킬 줄 알아야 한다. 그러기 위해 개인적으로는 특정 내용의 출처가 우리가 훨씬 중요하게, 또는 훨씬 덜 중요하게 생각하는 다른 출처라고 상상해볼 수도 있다. 더 나아가, 그룹과 소통할 때에는 특정 메시지의 출처를 밝히지 않음으로서 메시지 전달자에 대한 의견이 반영되지 않은, 내용 그 자체에 대한 의견을 서로 공유할 기회를 제공해야 한다.

출처와 마찬가지로 결과물을 그룹원들이 미리 알면 의사결정의 질에 영향을 미칠 수가 있다. 그렇기에 결과물을 보지 못하게 하면 무사무욕을 더욱 강화시킬 수 있다고 한다. 이의 일환으로, 결과가 알려지기 전에 의사결정을 해석해보는 것의 중요성을 저자는 강조한다. 조언을 구할 때에도 결과를 미리 얘기하지 않고, 의사결정 그 자체만으로 판단을 부탁하는 것이다. 이를 통해 사상적 이해관계 상충의 영향을 어느 정도 배제할 수 있다. 또한 논쟁 시 상대의 입장을 주장해보며 가치를 찾아내는 조직원에게 보상을 하는 것도 그룹의 편향을 없앨 수 있는 유효한 방법이라고 한다.

마지막으로 그룹의 차원에서 불확실성을 받아들이고 소통에 반영할 필요성이 있다. 국무부의 디센트 채널처럼 건설적인 반대 의견을 제시할 수 있는 제도적 장치를 마련해야 시각의 다양성을 보장할 수 있을 것이다.

물론 이러한 포인트들은 원론적이며, 구체적으로 어떠한 보상을 할 수 있을지 등 세부 방침들은 내가 앞으로 어떠한 조직을 이끌거나 속하든 끊임없이 고민하며 개선해나가야 할 것이다. 더욱 효과적으로 이러한 규율들을 살려 생산적이며 성장 위주의 팀이 되어가는 과정에서 나도 더욱 배울 수 있기를 기대해본다.Disinterestedness 무사무욕주의: 그룹이 하는 평가에 영향을 미칠 수 있는 잠재적인 갈등을 경계하라.
Organized Skepticism 조직화된 회의주의: 소통과 반대 의견을 장려하기 위해 그룹 내에서 토론하라.

공유주의의 관점에서, 그룹이 생산적인 진실 추구를 하기 위해서는 세부 내용을 공유하겠다고 합의해야 한다. 이 맥락에서, 토론할 때에는 일부 정보를 누락하지 않도록 의식해야 하며, 서로 세부적인 내용을 뽑아내기 위해 활발하게 질문을 해야 한다. 그리고 정확하고 객관적인 현실 평가를 제공하는 사람에게 보상할 필요가 있다.

보편주의 규범을 실천하기 위해서는 메시지와 메시지 전달자를 분리시킬 줄 알아야 한다. 그러기 위해 개인적으로는 특정 내용의 출처가 우리가 훨씬 중요하게, 또는 훨씬 덜 중요하게 생각하는 다른 출처라고 상상해볼 수도 있다. 더 나아가, 그룹과 소통할 때에는 특정 메시지의 출처를 밝히지 않음으로서 메시지 전달자에 대한 의견이 반영되지 않은, 내용 그 자체에 대한 의견을 서로 공유할 기회를 제공해야 한다.

출처와 마찬가지로 결과물을 그룹원들이 미리 알면 의사결정의 질에 영향을 미칠 수가 있다. 그렇기에 결과물을 보지 못하게 하면 무사무욕을 더욱 강화시킬 수 있다고 한다. 이의 일환으로, 결과가 알려지기 전에 의사결정을 해석해보는 것의 중요성을 저자는 강조한다. 조언을 구할 때에도 결과를 미리 얘기하지 않고, 의사결정 그 자체만으로 판단을 부탁하는 것이다. 이를 통해 사상적 이해관계 상충의 영향을 어느 정도 배제할 수 있다. 또한 논쟁 시 상대의 입장을 주장해보며 가치를 찾아내는 조직원에게 보상을 하는 것도 그룹의 편향을 없앨 수 있는 유효한 방법이라고 한다.

마지막으로 그룹의 차원에서 불확실성을 받아들이고 소통에 반영할 필요성이 있다. 국무부의 디센트 채널처럼 건설적인 반대 의견을 제시할 수 있는 제도적 장치를 마련해야 시각의 다양성을 보장할 수 있을 것이다.

물론 이러한 포인트들은 원론적이며, 구체적으로 어떠한 보상을 할 수 있을지 등 세부 방침들은 내가 앞으로 어떠한 조직을 이끌거나 속하든 끊임없이 고민하며 개선해나가야 할 것이다. 더욱 효과적으로 이러한 규율들을 살려 생산적이며 성장 위주의 팀이 되어가는 과정에서 나도 더욱 배울 수 있기를 기대해본다.

September **09**

판을 바꾸는
질문들

by 이혜리

읽게 된 동기.

STEW 2019년 10월 지정도서

한줄평.   ★★★★☆

능동적인 삶을 이끄는 경청과 질문, 그 방법에 대하여.

서평

질문은 즐겁지 않다. 우리 문화에서는 그렇다. 위에서 아래로 지식 전달만 하는 구조 속에서 질문은 껄끄러운 것일 수밖에 없다. 하지만 인생 전반으로 보자면 질문이란 꼭 필요한 존재다. 아이들은 '왜'라고 물으며 사물과 주변을 인지하고, 청소년은 배움을 위해 또는 삶에 처음으로 닥쳐오는 고난을 고찰하기 위해 질문을 한다. 그때그때 놓인 장애물이나 관문을 넘는 성인도 다르지 않다. 그러나 질문을 즐기지 않는 사람은 필연적으로 질문법에 익숙해질 수 없다.

질문의 걸음마를 떼고 있는 우리에게 〈판을 바꾸는 질문들〉은 실용 자습서와 같다. 글쓴이는 진단형 질문 등 총 11가지 질문법을 제시한다. 더불어 전하는 다양한 사람들의 경험은 그 내용을 더 풍부하게 만든다. 이렇듯 책에서는 상황에 맞춰 방법을 분류하고 종류에 맞는 최적의 예시를 보여준다. 이 모든 종류의 질문들이 추구하는 목적을 키워드로 뽑자면, '능동적인 삶'이다. 경청에 이은 주체적 질문, 상황에 따른 체계적이고 느린 질문은 작은 듯 보이지만 능동적인 삶을 이끄는 힘이 된다.

1단계, 경청

능동적인 삶을 살기 위해서는 남이나 스스로 묻는 버릇이 필요하다. 그를 통해 사람들이 제시한 많은 답변 중 가장 옳다고 판단하는 자세를 갖는 것이 중요하다. 그럼 다양한 의견을 얻을 수 있는 가장 기초적인 방법은 무엇일까? 바로 경청이다. 글쓴이는 모든 종류의 질문에서 경청은 기본이라 말한다.

그중에서도 공감형 질문, 사명형 질문은 경청이 가장 중요한 단계인 질문법이다. 공감형 질문은 사람들의 감정에 공감하는 질문을 통해 마음을 변화하게 만든다. 누군가의 감정에 공감할 수 있어야 하므로 신중한 태도가 필수다. 대화의 내용뿐만 아니라 그들의 태도와 어조, 심지어 분위기에도 귀와 눈을 기울여야 한다. 사명형 질문은 누군가의 사명감을 이끌어내기 위해 던지는 질문이다. 그들을 독려해 공동의 목표를 이루는 것이 이 질문의 가장 큰 목적이다. 무언가에 사명감이 들기 위해서는 자발적인 참여가 필요하다. 자발성을 이끌기 위해서는 경청을 통해 상대방이 원하는 것이 무엇인지 파악해 그 지점을 북돋아야 한다.

경청의 황금률은 남들이 내 말을 들어주었으면 하는 대로 남들의 말을 들어주는 것이다. 상대방에게 진심 어린 관심을 두고 그 사람이 하는 말에 진심으로 귀 기울이자. (…) 그러면 그 사람에게 관심을 두고 공동의 목적과 목표를 탐색하고 있는 것이다. – p. 222

중국 병법서 〈손자〉에는 '지피지기백전불태(知彼知己百戰不殆)'라는 속담이 있다. 대화가 싸움은 아니지만, 그것을 최선의 방향으로 이끌기 위해서는 상대의 상태와 욕구를 먼저 파악해야 한다는 점에서 이 속담과 닮아있다. 이처럼 경청은 머릿속에서 올바른 질문을 골라내기 위한 가장 첫 번째 단계이다.

2단계, 주체적 질문

경청을 기반으로 한 질문은 보통 주체적인 성격을 가질 수밖에 없다. 왜냐하면 니즈(needs)를 파악하고 그에 알맞은 질문을 던지는 것은 수동적인 태도로는 할 수 없기 때문이다. 우리는 주체성이 어디에서 나오느냐에 따라 질문의 성격은 두 가지로 나누어 볼 수 있다. 질문자의 주체성을 이끄는 질문과 청자의 주체성을 끌어내는 질문이 그것이다.

질문자를 능동적으로 만드는 질문에는 진단형 질문과 전략형 질문, 유산형 질문 등이 있다. 이 중 진단형이나 전략형은 상황을 능동적으로 볼 수 있게 만든다. 이 두 질문은 고쳐야 하거나 수렁에 빠진 상황을 판단하는 도구다. 주변을 파악하는 시각은 질문을 통해 넓어진다. 넓어진 시각 속에서 질문자는 상황에 가장 알맞은 해결책을 찾아내는 능력을 쌓아나간다. 유산형 질문은 자아를 능동적으로 성찰하게 한다. 주변에 남길 유산을 찾는 과정에서 질문자는 스스로 삶을 되돌아본다. 당장 죽음이 닥치지 않은 상황이라면, 그 질문은 앞으로를 더 잘 이끌어 갈 수 있는 고찰이 된다.

청자를 능동적으로 만드는 질문은 창조적 질문과 유희형 질문을 예로 들 수 있다. 창조적인 질문이나 토크쇼 방식의 유희적인 질문은 청자가 흥미를 잃지 않게 만들려고 한다는 공통점이 있다. 청자를 능동적으로 만드는 것, 그것을 책에서는 '리더십'이라고 칭한다. 질문자의 행동을 직접 변화시키지 않는 질문이라 할지라도 긍정적인 영향을 끼치는 질문이 바로 청자 능동형 질문이다.

리더십의 출발점은 질문하고 경청하는 능력, 차이를 아우르는 다리를 놓고 공동체를 형성하는 능력   *- p.337*

이렇게 우리는 질문법으로 삶을 주체적인 방향으로 이끌어 가거나 반추할 수 있다. 질문은 한 사안이나 특정한 상황에 행해진다. 하지만 이 질문은 대화 전반에 나비효과를 일으켜 스스로나 타인을 변화시킬 수 있는 큰 힘을 가지고 있다. 따라서 능동적인 질문은 '판을 바꾸기 위한' 두 번째 단계다.

글쓴이가 말하는 질문법은 적용되는 상황이 다르고 질문 성격이 다르지만, 본질은 같다. 주체적인 생각을 이끈다는 점이다. 우리는 발전을 위해, 무수한 변화 속에서 중심을 잡기 위해, 옳은 것을 추구하기 위해 다양한 의견을 수집한다. 그 기반을 다지는 것이 바로 경청과 질문이다. 에필로그에는 이런 구절이 있다.

우리를 발전으로 이끄는 것, 세상에서 우리의 자리를 확립하고 변화의 시대에 성공하도록 도와주는 것은 지금까지 우리가 답한 질문들이 아니라 앞으로 우리가 던질 질문들이다.   *– p.339*

즉 좋은 질문은 발전과 자리, 그리고 즐거운 교류를 낳는다. 그러므로 우리는 이 질문법들을 정리해 직접 적용해보아야 한다. 고맙게도 이 책 마지막에는 카탈로그가 있다. 이 카탈로그는 이런 질문법을 직접 실생활에서 적용할 수 있게 도와준다. 비록 질문의 종류가 많은 탓에, 정리되어 있다고 해도 우리가 한 번에 그 많은 양을 흡수할 수는 없다. 하지만 〈판을 바꾸는 질문들〉을 계속 읽고 질문을 연습한다면 우리는 귀와 생각이 열려있는 사람으로 변화할 것이다. 자습서 속 지식은 반복해서 풀어야 비로소 나의 것이 되므로.

Who is 이혜리?

이혜리 / STEW

일상의 소중함 속에서 의미를 찾아가려 노력 중
인 사람입니다. 타인의 경험에서 의미를 얻을
수 있는 독서를 좋아합니다.

October **10**

뽑히는 글쓰기

by 체리

시험에 통하는 글쓰기 훈련법

뽑히는 글쓰기

언론사 · 공기업 · 대기업
취업 고비마다 당신을 애먹이는 **시험용 글쓰기 처방전**

스노우폭스

읽게 된 동기.

최근 글쓰기에 대한 고민이 많았다. 회사에서 매주 보고서를 쓸 때, 개인적으로 브런치에 글을 쓸 때 등 '어떻게 해야 사람들에게 어필할 수 있는 글을 쓸 수 있을까'에 대한 질문을 이어가던 중 이 책을 소개받았다.

이 책은 업무용보다는 '언론사 입시용' 글쓰기에 대한 책에 가깝다. 하지만 언론고시에만 한정되지 않고 일반적으로 글을 쓸 때 참고하면 좋을 만한 부분도 많다.

한줄평.

당신이 '글치'라면 꼭 읽어야 할 책

서평

저자는 전 조선일보 기자로, 매일 매일을 글 쓰는 법에 대해 고민하는 직업을 가졌었다. 저자는 자신을 이렇게 소개한다. "일기 한 번 안 썼다. 그 흔하다는 글짓기상도 받아본 적 없다. 글쓰기를 좋아하지 않았다. 아니, 싫어했다."

이런 저자가 언론사 입사를 위해 그리고 돈을 벌기 위해서는 글을 '잘' 써야만 했다. 이 책은 저자의 고민과 경험 그리고 글을 잘 쓰기 위한 실질적인 방법을 아주 쉽게 알려준다.

많은 말을 하고 싶을 때일수록 더 '빼자'

글의 본질은 '전달'이다. 나의 생각을 타인에게 전달하기 위해 존재하는 것이 글이다. 때문에 좋은 글은 다른 사람이 읽었을 때 쉽게 파악되어야 한다.

하지만 보통 나의 모든 생각과 느낌을 글에 담으려고 한다. 문제는 이런 욕심 때문에 글이 무겁고 힘들어진다는 것이다. 명확한 글을 쓰기 위해서는 주제를 좁혀야 한다. 예를 들면 '출산율을 높이기 위해 정부가 나서야 한다'라는 주제보다는 '출산율을 높이기 위해 육아휴직 제도를 개선해야 한다'가 와닿고, 그보다는 '출산율을 높이기 위해 현행 1년인 육아휴직 기간을 3년으로 늘려야 한다'가 더 와닿는다.

저자는 초급자일수록 글을 좁히라고 한다. 생각해보면 나도 그랬다. 회사에서 명확하지 않은 단어로 쓸수록 후속 질문이 많았다. 이는 글을 읽는 사람이 파악하기 힘들었다는 뜻이다. 글을 쓰기 위해서는 명확하게 써야 하며 짧게 써야 한다.

또한, 없어도 되는 내용은 뺀다. 글을 쓴 뒤에 다시 읽어보면 애매하게 중복된 문장이 많을 것이다. 만약, 어떤 문장이 없어도 독자가 내 핵심 주장을 이해할 수 있을 거라는 확신이 들면 문장을 빼라고 저자는 말한다.

도무지 쓸 얘기가 없어 분량을 채우려는 목적이 아니라면 너도, 나도 다 아는 얘기로 글을 시작해 읽는 사람의 힘을 빼놓을 이유가 없다.

빼기가 익숙해졌다면 더하라

앞에서는 '빼라'고 실컷 얘기해놓고, 더하라고 이야기하니 도무지 무슨 소리인지 모를 것이다. 사실 여기서 말하는 '더하라'라는 것은 에세이, 논술, 작문 등 보고서와는 다른 글에서 하는 말이다. 앞에서 빼기로 명확하게 글을 쓰는 법을 파악했으니, 이제는 살을 더해 글을 풍성하게 만들라고 한다.

또한 글이 풍성해지기 위해서는 글을 구체적으로 써야 한다고 저자는 말한다. 글이 구체적일수록 좋은 글이 된다는 건 진실에 가깝기 때문이라고 한다.

그럼 글을 구체적으로 쓰기 위해서는 어떻게 해야 할까. 사례를 더해야 한다. 그럼 사례를 더하기 위해서는 어떻게 해야 할까. 너무 뻔하지만, 글을 꼼꼼하게 읽는 습관을 길러야 한다. 저자가 특히 추천하는 것은 신문이다. 예를 들어 조선일보의 '만물상' 같은 코너를 읽으라는 것이다. 만물상은 대개 사회 현상 등이 과거부터 현재까지 변화되어온 과정을 보여준다. 논설위원들이 돌아가면서 쓰기 때문에 어떤 사안을 통시적 관점에서 확인할 수 있다. 이외에도 동아일보의 '횡설수설' 경향신문의 '여적' 등도 추천한다.

사실 매일 네이버를 통해 뉴스 또는 이슈만을 볼 뿐, 신문 지면 코너 등에 대해서는 관심을 가지지 않았다. 이 책을 읽고서는 신문의 여러 코너를 관심 있게 보기 시작했다. 온라인으로만 뉴스가 소비되는 요즘, 신문의 가치에 대해서는 등한시되는 경향이 있다. 하지만 신문 속에는 뉴스뿐만 아니라 여러 가치 있는 글들이 많다는 것을 깨달았다.

저자는 사례 외에도, 재미, 명언 등을 더하라고 말한다. 물론 맞는 말이다. 하지만 재미를 더하기 위해서는 어느 정도 선천적인 능력이 있어야한다. 명언을 더하기 위해서는 자료 조사와 사전 지식 등이 중요하다. 글하나를 쓰기 위해서도 이렇게 많은 노력을 들여야 한다는 것을 다시금느꼈다.

상위 1%를 만드는 '비틀기'

개인적으로 친하고 존경하는 선배가 있는데, 그 선배의 특징은 조롱을잘한다는 것이다. 그냥 흘러가는 이야기도 포인트를 잘 잡아 조롱한다.통상 조롱이라고 하면 기분이 나쁠 만하지만, 그 선배가 하면 빵 터진다.누구나 공감하고 있는 부분을 잘 캐치해 아슬아슬하게 놀리기 때문이다.

이 책에서도 비슷한 맥락으로 '글을 비틀라'라고 말한다. 성실하게 잘 쓴글이란 인상을 주기 위해서는 앞서 말한 '빼기 더하기'만 잘해도 된다.하지만 탁월하게 "이 사람 똑똑하네?"란 인상을 주려면 글을 비틀라고말한다.

비틀기란 완결성에 독창성을 더하는 과정이다. 대다수가 할 수 있는 얘기를 재미있는 사례나 비유, 정확한 통계를 곁들여 잘하는 게 중급자라면, 상급자는 아무나 할 수 없는 주장을 펴면서도 설득력이 있도록 글을써야 한다. 그 대표적인 방법이 '비틀기'다.

비틀기를 잘하기 위해서는 연습이 필요하다. 한 번, 연관성이 떨어지는두 단어를 연결해보자. 예를 들면 '죽음'과 '책임'을 연결해보자. 필자는두 단어를 아래와 같이 연결한다.

죽음과 책임은 반비례 관계다. 누군가의 죽음에 대해 책임질 사람이 명확할 때 어떻게든 그를 살리려 하기 때문이다.

석해균 전 삼호주얼리호 선장은 여섯 발의 총상을 입고도 기적처럼 살아났다. 그가 깨어나지 못하면 무리한 작전을 펼친 MB정부에 대한 책임론이 불거질 게 뻔한 상황이었다. 정부는 온갖 인적, 물적 자원을 동원해 13일 만에 그를 살려냈다.

반대로 책임이 분산되면 죽음은 한결 쉬워진다. 우리나라 노인 자살률은 세계 최고 수준이다….(중략)

이외에도 평소에도 관찰을 많이 하고 일반적인 상황에서 일반적이지 않은 메시지를 떠올리는 훈련을 많이 해야 한다. 당연히 의식적으로 연습해야 하는 부분이고, 힘이 들 수밖에 없다. 하지만 이러한 연습이 계속되다 보면 '남들과 다르게 생각하는 근육'이 붙는다. 끊임없이 '다른 측면이 있지 않을까?' '다른 원인이 있지 않을까?' 의심하라.

개인적으로 나는 (정치색을 떠나) 유시민 작가가 비틀기를 참 잘한다고 생각한다. 토론회에서 누군가가 뻔한 질문을 던져도 질문에 그대로 대답하기보다는 한번 꼬아서 답을 한다. 최근 토론회에서 한 논객이 조국 이슈를 이야기하며 "이건 부당하다. 공정이 무엇이냐. 젊은이들이 뭐라고 느끼겠냐….(중략)"와 같은 질문을 하는 것을 봤다.

유 작가의 첫 답변을 보면 '역시 그는 고수구나!'라고 느끼게 된다. 그는 바로 질문에 대한 답을 하지 않았다. 그 대신 "논객님, 스스로 질문을 하며 참 진부하다고 생각하지 않으세요?"였다. 이어 그는 "방금 말씀하신 부분은 수개월에 거쳐 우리 언론들이 문제제기 한 부분입니다. 나는 그 질문이 타당하다고는 생각해요. 하지만, (중략)"과 같이 말하며 문제를 다른 곳으로 집중시켰다.

아마, 비트는 글쓰기를 잘하기 위해서도 이와 같이 뻔한 생각, 뻔한 답변보다는 남들과 다른 관점, 한발 물러난 관점이 필요하다 싶다.

마무리

글 잘 쓰는 법을 주제로 장황하게 설명했지만, 이 서평 자체도 누군가에게는 덜컹덜컹 거리는 불완전한 글일까 노심초사한다. "뇌는 생각보다 나태해서, 쓰는 것보다 읽는 것을 선호한다" 이 책에 나온 문구다. 우리는 천성적으로 게을러서 무언가를 이루려면 의식적으로 노력하고, 통제해야한다. 글쓰기 역시 마찬가지다. 글을 잘 쓰기 위해서는 이런 책을 수십번 읽어보는 것보다, 한 자 한 자씩 써보는 노력과 정성이 우선이 되어야한다.

입사를 위한 자기소개서를 위해서, 직장에 들어가서는 상사를 위한 보고서를 위해, 그리고 하다못해 취미로 하는 블로그나 브런치를 위해서도 '글쓰기'는 기본적으로 바탕이 되어야할 능력이 되었다. 글쓰기에 대해 고민하는 전국의 모든 분들께, 이 글이 조금이라도 보탬이 되었으면 좋겠다.

Who is 체리?

언론사에서 디지털 관련 업무를 하고 있습니다.

November **11**

정의란
무엇인가

by 민시호

대한민국의 정의에 대해 다시 생각해보는 세계적 베스트셀러

마이클 샌델

JUSTICE
정의란 무엇인가

김선욱 감수
김명철 옮김

읽게 된 동기.

'STEW독서소모임' 지정 도서

한줄평.

당신이 '글치'라면 꼭 읽어야 할 책

서평

우선 이 책은 나의 지적 허영심을 충족시키기에 충분하다. 가방이 텅텅
비었는데도 굳이 책을 손에 들고 다니고 싶게 한다. 물론 제목이 잘 보이
도록 해야 한다. 그렇게 하지 않더라도 책장 한가운데에 꽂아놓으면 묘
한 만족감을 준다. 한편으론 책이 출판되어 선풍적 인기를 끈 지 오래되
었는데도 정작 읽을 생각을 하지 않은 책이기도 했다. 맛있는 반찬은 마
지막까지 남겨뒀다 먹는 일과 같은 이치라고 핑계를 대본다.

우리는 어떤 문제를 맞이했을 때 순간적인 판단을 한다. 언젠가 어느 회사 대표의 인터뷰를 보았다. '경영자의 입장에서는 그럴 수도 있겠다.' 싶으면서도 불쾌감이 좀 들었다. 논리를 자세히 따지기 전에 쾌·불쾌라는 감정이 먼저 왔다. 그 대표의 언어 안에는 어떤 가치가 담겨 있었고 그 가치는 나의 신념과 배치되는 축에 있었다. 이 외에도 수많은 문제 앞에서 드는 감정과 생각을 종합해보면 내가 평소에 어떤 가치를 중히 여기는지 어느 정도 파악할 수 있다.

기본적으로 인간의 뇌를 신뢰한다. 이성이 작동하기 전에 직관적으로 판단을 하였더라도 그 판단과 선택은 내가 평소 중히 여기는 가치들이 뇌 속에서 서로 충돌하며 내린 최선의 결론일 것이다. 결정을 내리고서도 의구심이 들어 종이를 펴고 각 선택의 장단점이나 이유를 나열하고 나면 첫 판단이 얼추 맞았다는 점을 알게 된다. 그러나 그러한 자동적 판단에 전적으로 맡기고만 있으면 '당연'의 탈을 쓴 논리에 의문이 제기되었을 때 말의 빈곤을 겪게 된다. 논리는 언어화하지 않으면 퇴보한다.

사회적으로 이슈가 되는 문제들에 대해 무수히 판단을 내린다. 그러나 누군가 내게 "네가 왜 그렇게 생각하는지 논리적으로 설명해 봐." 혹은 "반대 입장인 나를 설득시켜 봐."라고 나오면 뭐라고 해야 할지 입이 떨어지지 않았다. 말의 빈곤이다. 이러한 '말의 빈곤 상황'을 불편해하지 않고 그냥 넘기면 나중에는 꼰대가 되고 만다. 거기서 더 나아가면 꼰대보다 더 무서운 '신념만 고수하는 완고한 사람'이 된다. 인류에 심각한 해를 입힌 독재자들은 자신의 신념만을 고수한 인물인 경우가 많다. 유시민 작가의 『국가란 무엇인가』를 읽을 때 아래의 인용구를 보며 섬뜩했다.

사회를 개혁하고자 하는 가장 열광적인 사람들이 자신이 원하는 대로 계획할 수 있게 된다면, 그들은 다른 사람들의 계획을 조금도 인내하지 못하는 가장 위험한 사람이 된다. 성자와 같은 일편단심의 이상주의자와

미치광이 광신자의 거리는 단지 한 발짝에 불과할 때가 많다.

– 프리드리히 하이에크,
『노예의 길』(『국가란 무엇인가』에서 인용)

책은 명제 하나를 던지고 그것을 철학자의 입장에서 살펴보고 그 철학의 맹점을 들고 다시 재반박하는 구성이다. 챕터 별로 대략 한 명의 철학자가 나온다. 처음에는 마치 심리테스트를 하듯이 "나와 맞는 철학자는 어떤 사람일까?" 궁금해 하며 인덱스로 표시를 해가며 읽었다. 칸트와

롤스의 논리가 나온 부분을 읽을 때 인덱스와 메모가 가장 많이 늘었다. 그러나 그러면서도 챕터의 후반부에서 그에 대한 반박을 읽을 때는 전적으로 싸고돌 일은 아니라는 생각을 하기도 했다. 어떤 철학자는 겉보기에 훌륭한 명제를 세웠지만, 현재 관점에서는 얼토당토않은 주장을 하기도 했다.

결국 책을 다 읽고 나서 내린 결론은 '어느 한 철학자의 말만을 고수할 것이 아니라 나 자신이 철학자가 되어야 한다.'는 것이다. 처음에는 각 철학자의 말을 들어가며 학술적으로 보이는 서평을 쓰려다가, 읽고 난 전반적인 생각을 중심으로 쓰기로 마음먹은 것도 이 이유 때문이다. 어떤 철학자의 맹점을 알게 되면서 실망했다고도 했지만, 그가 살았던 당시에는 그와 다른 생각을 하는 일 자체가 불가능했으리라 생각한다. 결국 내가 사는 현실 안에서 이치를 따져 무엇이 옳은 일인지 끊임없이 고민해야 한다. 그리고 그 안에는 '나'라는 개인 한 명이 아닌 보다 많은 이의 행복을 고려해야 한다. 이것이 현재까지 나의 철학이다.

철학책을 찾아 읽을 만큼 지적인 사람은 아니어서 철학자를 단독으로 만날 일은 잘 없다. 대부분 다른 인문 서적을 읽다가 책의 저자에 의해

선택적으로 소개된 철학자의 이론을 접하는 경우가 많다. 드문드문 파편화된 철학자들의 이론들을 체계적이고 종합적으로 정리해 둔 좋은 책을 읽었다. 이 책을 읽는다고 해서 단번에 토론을 잘하게 되고 명석한 사람이 되지는 않겠지만 두고두고 곁에 놓고 읽으면서 나만의 철학 논리를 세우고 싶다. 관심이 가는 철학자의 책을 찾아 읽어야겠다는 엄청난(?) 다짐도 한다.

Who is 민시호?

민시호

어릴 적 걸음마부터 늦었다. 어린 시절의 속도 그대로 조금 느린 걸음으로 살고 있다. 느리기만 하면 좋을 텐데 마이너한 취향인 데다가 삶에서 그렇게 '의미'를 찾아다닌다. '의리'에도 죽고 사는데, '의미'에 죽고 못 살 일이 있을까.

STEW의
역사

by 오세용

2011년 4월, 지난 10년간 내 인생에 가장 크게 영향을 준 친구들을 만난다. 이 친구들은 내게 새로운 세상을 보여 줬고, 내 능력치를 끌어올렸다. 기회를 줬고, 잠재력을 터뜨렸다. 지금까지 내 커리어에 있어 가장 잘한 일은 어쩌면 2011년 4월에 시작된 한국장학재단 멘토링 코멘트(Korment)에 참여한 일 이다.

STEW의 시작,
한국장학재단 멘토링 코멘트

▲ *2011년 코멘트 첫 만남*

코멘트는 사회 각 분야 리더가 멘토로 참여하는 국가 차원의 멘토링이다. 2010년 한국장학재단에서 시작한 멘토링은 지금도 이어지고 있다. 멘토 수백 명이 참여했고, 각 멘토가 이끄는 멘토링에 멘티가 10명 가까이 참여한 수천 단위 멘토링. 그야말로 국내 최대 멘토링 프로젝트였다.

2011년 당시 대학교 4학년이었던 나는 창업에 관심이 있었고, 코멘트에서 창업 멘토링에 지원했다. 그렇게 내 인생에 가장 크게 영향을 준 팀의 리더 김익수 멘토님을 만났다.

김익수 멘토님은 학생 신분으로 어려운 경험을 할 수 있게 해주셨다. 창업에 관심 있던 멘티들을 위해 실제 창업자를 만나게 해줬고, 멘티들의 창업 아이템에 조언을 해주셨다.

팀장이었던 나는 당연히 창업을 하려고 했다. 당시 스마트폰이 보급됐고, 앱 비즈니스가 본격적으로 떠오르던 시기다. 기회가 있을 거라 생각했고, 컴퓨터학과 졸업을 앞둔 나는 내 잠재력을 믿었다. 하지만 창업을 위해 사회 경험이 필요하다는 멘토님의 조언에 깊이 고민했고, 멘토님의 조언대로 개발자로 사회생활을 시작했다. 여러모로 좋은 선택이었다고 생각한다.

멘토님은 이후에도 코멘트에서 멘토링을 하셨고, 3기, 4기를 넘어 10기까지 지속해서 멘티를 만난다. 몇몇 후배들은 STEW에 합류해 지금도 함께 공부하고 있다.

한국장학재단 멘토링 코멘트는 초기 동력을 잃었지만, 여전히 대학생들에게 좋은 프로그램이다. 특히, STEW의 전신 역할을 해준 코멘트에 깊은 감사를 표한다.

지속가능한 STEW
커뮤니티 STEW의 탄생

커뮤니티 STEW는 앞서 설명한 코멘트 2기로 시작됐다. 코멘트 활동에 즐거움을 느끼던 2011년 9월, 대학교 4학년 2학기를 막 시작한 내게 큰 행운이 따랐다. 개발자로 취업을 성공한 것이다.

9월에 취업을 확정한 내게 회사는 11월 입사를 제안했다. 생각하지 못한 시간이 생긴 나는 이리저리 머리를 굴렸다. 귀한 시간을 어떻게 쓸까 고민하던 중 1년을 끝으로 종료되는 코멘트가 떠올랐다. 어쩌면 내 인생에서 순수할 수 있는 가장 마지막 한 달을 코멘트 친구들과 함께하는 미래를 그리는 데 쓰고 싶었다.

▲ 'STEW 초기 컨셉

맥북을 펼쳐 PPT를 만들었다. 코멘트 공식 활동이 끝나도 함께할 수 있는 팀을 만들고 싶었다. 당시 나는 김익수 멘토님 팀에 지원한 멘티 외에도 몇몇 팀을 묶어 연합 멘토링을 진행했고, 이들 모두를 하나의 팀으로 만들고 싶었다.

학교에서는 취업에 성공했으니, 학교를 나오지 않아도 된다고 했다. 친구들과 함께할 미래를 그린 나는 친구들을 한 명, 한 명 찾아가 맥북을 펴고 스피치를 했다. 단 한 명도 잃고 싶지 않았다.

당시 내가 제안했던 팀은 "잠재력 있는 다양한 청년이 모여 함께 발전하는 팀"이었다. 다양한 분야 청년들이 모였으니, 우리를 도울 수 있는 다양한 멘토를 초청해 가르침을 받는다. 아직 뭘 원하는지 모르는 친구들을 위해 새로움을 찾고, 함께 고민한다. 실제 비즈니스를 경험해 잠재력을 터뜨린다.

이를 위한 활동으로 ▲명사 초청 특강 ▲중소기업 봉사 ▲3의 융합 프로젝트 등 다양한 프로젝트를 기획했다.

무려 8년 전 꿈꿨던 STEW와 지금의 STEW는 다르기도 하고, 같기도 하다. 다른 것은 다른 대로, 같은 것은 같은 대로 내게 울림을 준다. 확실한 것은 STEW를 만들기로 한 게 지난 10년간 내가 가장 잘한 선택이라는 것이다. 다행인 것은 내가 아직 식지 않았달까?

STEW 이름은 요리를 사랑하는 친구이자 STEW 총무를 맡은 서보경이 지었다. 다양한 청년이 모여 한 곳에서 열정을 나누고 있으니, 다양한 재료가 끓여지는 STEW로 하자는 거다. 그렇게 우리는 STEW가 됐다.

STEW 공식모임

▲ 공식모임

친구들이 학교를 졸업하고 사회에 나오자 만나기 어려워졌다. 생각보다
사회는 빠듯했고, 그냥 친구로서 만나는 모임은 사라졌다. STEW가 지
속하기 위해서는 정해진 프로그램이 필요했다.

STEW 이니셜을 딴 공식모임은 2014년부터 시작됐다. S, T, E, W 그리고 한 해를 마무리하는 STEW인의 밤까지 5개 공식모임을 중심으로 STEW를 만들었다. 우리는 각자 버킷리스트를 아우르는 단어를 정해 올해의 단어라 칭했고, 이를 중심으로 한 해를 살았다.

친구들 앞에서 정제된 이야기를 발표하고, 피드백하면서 사회에서 필요한 능력치를 키웠다. 또한, 모든 발표를 영상으로 찍어 공유했다. 우리는 각자가 성장하는 모습을 확인할 수 있었다.

한 해를 마무리하는 STEW인의 밤은 STEW 공식모임의 정점이다. 내년 나에게 영상편지를 보내는데, 작년에 찍어둔 영상편지를 볼때면 한해 각자가 어떤 삶을 살았는지, 친구들이 어떻게 변했는지를 볼 수 있었다.

공식모임은 친구들 대부분을 포용할 수 있어야 했다. 나는 리더로서 단한 명의 친구도 잃고 싶지 않았고, 모두에게 만족하는 기획이 얼마나 어려운지를 깨달았다. 모두에게 좋은 사람이 되는 것 역시 쉽지 않았다.
공식모임에 관한 기대치를 낮췄다. 모두를 만족하는 기획은 없다는 것을 인정했다. 그렇게 친구들을 묶어 원하는 활동을 새로 만들었다. STEW 소모임의 탄생이다.
STEW는 여러 소모임을 만들고, 운영했다. 몇몇 소모임은 운영 중 포기해야만 했는데, 다큐소모임, 코딩소모임 등 내게 상처로 남은 소모임들도 있다. 상처를 이겨내는 과정은 결코 즐겁지 않았다.

그럼에도 나는 친구들과 배우는 모임을 포기하지 않았다. 그렇게 시간이 흘러 지금은 꽤 단단한 소모임 3개가 남았다. 독서소모임, 경영소모임 그리고 아비랩이다.

STEW의 모임들 ①

아비랩

▲ 아비랩

아세안 비즈니스 랩, 아비랩은 다소 황당한 접근으로 시작했다. 내가 영어 공부를 꾸준히 하기 위해 만들었다. 영어가 익숙한 몇몇 멤버를 모아 영어 콘텐츠를 읽고 잘 정리해보자고 했다. 블루오션을 찾기 위해 아세안을 택했다. 아세안 지역 비즈니스 이야기를 전하는 랩. 아비랩의 시작이다.

4명으로 시작한 아비랩은 2명을 더해 6명이 됐다. 단신과 기획 기사로 나눠 멤버들은 월별로 글을 썼고, 매달 만나 회의를 했다. 여름쯤 브런치에 매거진을 만들었는데, 우리 글이 브런치 메인에 뜰때 그 쾌감은 말로 표현할 수 없다.

지금은 아비랩 매거진을 만들기 위해 멤버들이 에너지를 불어넣고 있다.

아비랩에 관한 자세한 내용은 아비랩 김지훈이 자세히 설명했으니, 여기까지만 이야기하겠다.

☞ [아비랩 후기 by 김지훈] (p113) 에서 계속

STEW의 모임들 ②

경영소모임

▲ 경영소모임

경영소모임은 경영 석사를 전공한 몇몇 친구들을 모아 2017년에 기획한 프로젝트다. 도밍고컴퍼니 창업 시절 부족한 경험치를 함께 채워보려는 시도였다.

경영소모임은 TED 영상을 보고, 하버드 비즈니스 리뷰(이하 HBR)를 읽었다. 반기에 1회 진행하는 정말 가벼운 모임으로 시작해 지금은 분기별로 모이고 있다.

HBR은 내가 좋아하게 된 첫 잡지다. 잡지가 어떤 구성으로 만들어지고, 어떤 패턴으로 읽히는지 공부하지 않고 자연스럽게 익혔다. 이 경험은 소프트웨어 전문지 마이크로소프트웨어를 만드는 기자로 일할 때 큰 도움이 됐다.

STEW 경영소모임에 관한 자세한 내용은 경영소모임 류영훈이 자세히 설명했으니, 여기까지만 이야기하겠다.

☞ [경영소모임 후기 by 류영훈] (p119) 에서 계속

STEW의 모임들 ③
독서소모임

▲ 독서소모임

독서소모임은 5기 팀장 이윤석이 2014년 말에 기획한 프로젝트다. 분기에 책 한 권을 같이 읽자는 가벼운 기획이었다. 시간이 흘러 연 4회는 5회로, 6회로 늘었고, 2020년부터는 매달 모이고 있다.

책을 읽고 모여서 이야기를 나누던 우리는, 이제 읽고, 쓰고, 말하는 모임이 됐다. 읽고, 쓰고, 말한다니 그야말로 지식으로 할 수 있는 것을 모두 하고 있다.

함께 읽고, 쓰면서 나는 더 많이 읽고, 더 잘 쓰려 노력했고 기자가 돼 일하기도 했다. 기자로 일하며 읽고, 쓰는 데 큰 어려움이 없던 것은 STEW 독서소모임이 큰 역할을 해줬다고 생각한다.

STEW 독서소모임에 관한 자세한 내용은 독서소모임 오형진이 자세히 설명했으니, 여기까지만 이야기하겠다.

☞ [독서소모임 후기 by 오형진] (p127) 에서 계속

STEW의 캡틴

팀장 **오세용**

글쓰는 감성 개발자

소프트웨어 개발자로 커리어를 시작해 미디어 스타트업을 창업했다. 이후 소프트웨어 전문지 기자로 일했고, 다시 소프트웨어 개발자로 돌아왔다. 커뮤니티 STEW 창립자이자 최대 수혜자다. STEW를 장학재단으로 만들 계획이며, 축구 구단주가 꿈이다.

여기까지 내 글을 정독한 사람이라면 느낄 것이다. 뭐야. 이 조직에서 너가 하고 싶은 걸 다 한 거야? 맞다. STEW는 내가 하고 싶은 것을 할 수 있는 조직이다. 감사하게도 내가 하고 싶은 것을 같이 하고 싶은 친구들이 있고, 그 친구들은 열정과 능력이 있다. 내가 포기하고 싶을 때 조금 더 해보자고 에너지를 넣었고, 내가 하지 못할 일들을 해줬다. 누가 도움이 된다기보다는 서로가 도움이 되는 조직이다.

나는 기회를 만드는 역할이다. 좋은 친구들을 데려오고, 좋은 친구들이 머물 수 있게 하고, 좋은 친구들과 더 자주 만날 기회를 만든다. 결국 나는 친구들이 없다면 아무것도 할 수 없다. STEW는 함께일 때 존재한다.

가끔 몇 년 전 사색노트를 펼친다. 나만 보는 사색노트에는 내가 하고 싶었던 것, 내가 얻고 싶었던 것이 적나라하게 적혀있다. 그리고 내 욕망을 하나, 둘 STEW와 함께 이뤄냈다. STEW가 지금의 나를 만들었다.
종종 친구들이 묻는다. 열정이 대단하다고. 어떻게 그렇게 계속 뭔가 할 수 있느냐고. 그러면 나는 답한다. 나는 수혜자라고. 내가 STEW의 최대 수혜자라고. 무엇을 생각하든 나는 그 이상을 받고 있다고. 나는 이 조직이 계속됐으면 좋겠다고. 나는 이 조직이 사라지는 게 너무 무섭다고.

새로운 친구들을 맞이할 때면 그렇게 기쁠 수가 없다. 하지만 누군가 떠날 땐 모든 기쁨이 사라질 만큼 슬프다. 그럼에도 나는 새로운 친구들을 기다린다. 그럼에도 나는 새로운 기회를 기다린다. 모든 기쁨이 사라질 만큼의 슬픔을 겪지만, 여전히 함께하는 친구들이 그 슬픔을 모두 메운다. 그렇게 우리는 함께 읽고, 쓰고, 나눈다.

앞으로도 나는 STEW 팀장으로서 친구들과 이 소중한 공간을 함께 만들 것이다. 그리고 그 공간은 나를, 내 친구들을 만들 것이다. 그리고 STEW가 탐나는 당신, 우리와 함께하지 않겠는가?

일 벌이기 좋아하는
사람들의 일벌인 후기

by 김지훈

STEW 아비랩.
아세안 비즈니스 이야기를 쉽게 풀어
쓰기 위해 모인 팀 '아세안 비즈니스
랩'. 줄여서 아비랩이라고 부른다.

▲ 이태원에서 아세안비즈니스랩 멤버들과

전공도 아니고, 시험도 없는 무언가를 공부하는 것은 어렵다. 특히 공부를 시작했더라도 꾸준히 하는 것은 더더욱 어렵다. 누구나 처음에는 큰 포부를 가지고 공부를 시작했지만 오래지 않아 포기하거나 까먹고 그만둔 경험은 있을 것이다. 아비랩도 나에게 그 수많은 시작 중 하나였다.

아세안비즈니스랩, 줄여서 아비랩

▲ *2019년 3월, 아세안비즈니스랩 첫 모임*

아비랩은 어느날 갑자기 시작되었다. 시작은 뭔가 공부를 해보자였다. 그냥 공부하면 꾸준히 하기 힘드므로 글을 쓴다는 유인을 만들어 지속적으로 공부하는 것이 아비랩의 초창기 목적이었다.

그래서 처음 오세용 랩장님을 중심으로 새로운 것에 관심이 많은 4인이 처음 모였다. 아세안 비즈니스를 다루자는 것도 즉흥적으로 결정되었다. 미국이나 유럽의 비즈니스는 이미 많은 사람들이 다루고 있고 거기에서 차별성을 얻기란 힘들 것이다. 그러나 아프리카와 같은 완전한 블루오션을 다루기에는 내공이 부족하다. 그렇다면 적당히 블루오션이면서 레드오션인 주제가 무엇이 있을까 고민하면서 찾아낸 것이 아세안 비즈니스였다.

아세안은 블루오션이다? NO

아세안을 2019년 당시 떠오르고 있는 시장의 느낌이었다. 한류 열풍은 아세안을 관통하는 중이었고 베트남과 태국 등 동남아 휴양지는 한국인들의 여행지로 각광받고 있었다. 그 중에서도 베트남의 삼성전자 공장은 주목을 받으며 한국 기업의 신규 진출지로 주목받고 있었다. 동남아의 젊은 인구의 힘에 주목하는 기사들이 쏟아져 나올 시기였다.

그때까지 아비랩에 모인 모두는 아세안이 아직은 블루오션이라 생각했다. 하지만 막상 글을 쓰기 시작하고 보니 아비랩은 레드오션이었다. 레드오션도 그런 레드오션이 없었다. 아비랩과 비슷하게 아세안 정보를 전하는 블로그, 카페 등은 많았고, 국내 언론도 연일 아세안 정보를 지면에 싣고 있었다. 그런 것도 모르고 아세안의 새로운 정보를 전달하고자 글을 쓰기 위해 아비랩은 시작했다.

시작은 아세안 비즈니스 큐레이션

처음 아비랩은 아세안의 비즈니스 정보를 수집, 분석하여 글을 쓰는 것이었다. 매주 짧은 단신을 번역하고 인사이트를 추가하여 글을 썼다. 거기에 더해 한달에 한번은 기획기사를 썼다. 보다 깊이 있는 글을 쓰기 위해 보다 많은 정보를 모으고 고민하여 기획기사를 작성했다.

처음에는 단신과 기획기사의 분량은 긴 편은 아니었다. 당시 2500자를 기준으로 시작했지만 시작한지 1달도 되지 않아 5000자를 넘는 글을 썼다. 그리고 나서는 얼마 지나지 않아 다들 글을 쓰는 게 힘들어졌다. 일주일마다 새로운 주제를 찾아 글을 쓰는 것이 생각보다 쉬운 일이 아니었기 때문이다. 그때쯤 새로운 2명의 멤버가 추가적으로 아비랩에 참여했다. 그때부터 아비랩은 새로운 도약을 맞았다

그랩, 고젯, 토코피디아 등
아세안의 스타트업, 엑셀러레이터들

▲ 2019년 6월. 아비랩 6인체제 시작

멤버가 2명 추가된 아비랩이 처음 포커스를 맞춘 부분은 아세안의 스타트업이었다. 스타트업을 다루면서 엑셀러레이터도 함께 관심을 두었고, 자연스레 아세안의 신생기업들에 대해 다루었다. 그때 당시 적었던 그랩, 고젯 등에 관한 분석들은 매우 깊이가 있고 내용이 알차다.

스타트업에 관한 좋은 글이 나오던 시기에 아비랩은 브런치에 진출하게 된다. 보다 많은 사람들이 이 좋은 글을 읽어주길 바랬기 때문이다. 브런치에서 아비랩 글은 상당히 많이 조회되었고 그 중에서 하나는 메인에 걸리기도 했었다.

일 벌이기 좋아하는 사람들의 아비랩 1년

▲ *2019 아세안비즈니스랩 멤버 6인과 함께*

일을 벌리기 좋아하는 4명이 모인 아비랩은 1년동안 많은 글을 썼고 상당히 많이 공유되었다. 물론 더 많은 사람이 봐준다면 좋았겠지만 모두 즐겁게 글을 썼다. 아비랩은 처음 생각은 정말 가볍게 시작되었지만 갈수록 일이 커져갔다. 누군가 초심을 되찾아 일이 너무 커지는 것을 막아야 하는 시기가 되었지만 그때 오히려 일을 벌리기 좋아하는 2인이 추가가 되면서 아비랩은 더더욱 일이 커져버렸다.

이제와 되돌아보면 2019년의 아비랩은 정말 폭주하는 전차 같았다. 모두가 열정적이었고 모두가 적극적이었다. 새로운 일을 시작한다는 희열과 글을 하나하나 탈고할 때마다 느꼈던 희열, 누군가 내가 쓴 글을 읽었다는 감동, 모든 것이 어울어져 아비랩은 정말 완벽한 1년을 보냈다. 그리고 그 안에서 나 스스로도 정말 즐거운 시간을 보내었다.

이론이 아닌
경험을 배우다

by 류영훈

STEW 경영소모임,
비즈니스 감각을 키우기 위한 필
드 이야기. 하버드 비즈니스 리뷰
(Harvard Business Review,
HBR)와 함께하는 말랑말랑한 소모
임을 소개한다.

때는 바야흐로 2018년 4월, STEW의 대장인 오세용님을 처음 만났다. 당시 나는 블록체인 기반 소셜 미디어 서비스인 스팀잇(Steemit)에서 블록체인과 암호화폐에 관련한 글을 쓰는 팀을 작게 운영하고 있었는데, 때마침 IT 조선의 소프트웨어 전문 잡지인 〈마이크로소프트웨어〉에서 연락이 왔다. 마이크로소프트웨어 392호 '체인 빅뱅(CHAIN BIGBANG)'의 주제가 블록체인이었는데 스팀잇 관련 글을 기고해줄 수 있냐는 문의였다. 기자였던 오세용님과 첫 만남이었다.

당시 업계 내에서 자그마한 인지도를 보유하고 있던 팀에 먼저 연락을 주셨다는 것이 감사하여 흔쾌히 수락했고, 이렇게 인연이 시작되었다. 둘 다 스팀잇 하드 유저였기 때문에 스팀잇에서 만난 사람들과도 함께 자주 만나게 되었고, 자연스럽게 친해지게 되었다.

이런저런 이야기를 하다가 보니 STEW라는 모임이 있다는 것을 알게 되었다. STEW의 소모임 가운데 경영소모임에 합류할 것을 제안받았고, 사실 웬만하면 거절은 하지 않는 성격이라 수락했다.

2019 STEW 경영소모임

경영소모임은 하버드 비즈니스 리뷰(Harvard Business Review, HBR)를 교재로 삼았다. HBR은 미국 하버드 대학교의 자회사인 하버드 비즈니스 퍼블리싱(Harvard Business Publishing)에서 발간하는 매니지먼트 관련 잡지이다.

나도 처음 이름만 보고는 조금 무서웠다. 왜냐하면 이름에서부터 무엇인가 석박사들이 주로 보는 학술지 같은 느낌을 받았기 때문이다. 온라인에서 아티클 몇 개를 찾아보았고 이 걱정은 바로 사라졌다. 나와 같은 일반인이 읽기에도 전혀 어려움이 없었으며, 참고할만한 좋은 케이스들이 많이 포함되어 있어 경영을 전공하는 학생들 사이에서도 인기 있는 잡지이다. 한국어로도 발행되기 때문에 언어 장벽의 문제도 전혀 없었다.

2019 1/4분기, 첫 번째 모임

▲ *2019 경영소모임 1/4분기*

첫 모임에서는 하버드 비즈니스 리뷰 2019년 1~2월 호 "혁신적 조직문화에 관한 냉철한 진실"을 읽고 이와 관련하여 소모임 내부에서 나온 발제문에 대해 의견을 나누었다. 최근 ZM세대들이 사회에 들어오는 시기인 만큼 조직 문화에 대한 관심 역시 높아지고 있다. 누구든 권위적이지 않고 도전을 두려워하지 않는 조직을 원할 것이다.

하지만 이는 직접 조직을 이끌고 가는 리더 입장에서는 매우 어려운 일이다. 이번 호에서는 조직 혁신과 문화에 대한 이상과 현실에 대해 주로 다뤄졌고, 직접 운영을 하는 입장이 아니더라도 한 조직의 일원으로써 건강한 조직을 위한 참여 방법을 배울 수 있었다.

2019 2/4분기, 두 번째 모임

▲ *2019 경영소모임 2/4분기*

두 번째 모임에서는 HBR 5~6월 호 "무한 연결의 시대"를 읽고 이야기를 나누었다. 이번 호를 읽고 가장 크게 느낀 점은 과거와 현재의 고객 대응 방식에 큰 변화가 있었다는 점이다. 과거엔 고객이 먼저 기업을 찾는 방식이 주를 이뤘다면, 현재는 수많은 커뮤니케이션 툴의 탄생과 발전으로 인해 고객과 기업 간의 긴밀한 관계가 이뤄지고 있다.

그 어느 때보다 고객과 기업이 연결된 사회에 우리는 살고 있다. 예전에는 고객이 원하는 것을 준비하고 고객이 찾아올 경우 이를 제공하는 입장이었다면, 현재는 고객이 원할 것을 미리 파악하고, 먼저 제공하는 환경이 되었다. 실제로 이러한 전략을 실무에서 적용하고 있는 기업들의 예시가 많이 소개되었고, 이를 통해 현대 고객 욕구 충족 트렌드를 깨닫게 되는 기회가 될 수 있었다.

2019 3/4분기, 세 번째 모임

▲ *2019 경영소모임 3/4분기*

세 번째 모임에서는 HBR 7~8월 호 "블록버스터 머신, 마블"을 중심으로 진행되었다. 기존의 것을 유지하며 항상 새로움을 선사하는 것은 간단히 생각해도 매우 힘든 일이다. 이번 호의 제목으로 소개된 마블 스튜디오는 시리즈의 연속성을 유지하면서도 고객에게 항상 새로운 즐거움도 선사했다.

슈퍼히어로물을 별로 좋아하지 않던 나도 마블 스튜디오의 어벤져스 시리즈에 열광한 바 있다. 기존 시리즈물은 연속성과 새로움 간의 균형을 맞추기 위해 보다 안전한 길을 선택했고, 대부분 실패하고 말았다.

하지만 마블 스튜디오는 비교적 단기간에 프랜차이즈 영화의 정의를 바꾸는 데에 성공했고, 이를 가능케 한 마블의 4가지 원칙이 소개되었다. 리스크를 최소화하며 기존 고객에게 새로운 경험도 느낄 수 있도록 하는 여러 사례를 볼 수 있었고, 새로운 경험과 가치를 제공하기 위해 실제로 사용되었던 다양한 방법들을 배울 수 있었다.

2019 4/4분기, 네 번째 모임

▲ *2019 경영소모임 4/4분기*

올해 마지막 모임은 HBR 11~12월 호 "협업의 코드"로 진행되었다. 이를 읽기 전에도 많은 기업이 협업을 중요하게 생각하고 있다는 점은 알고 있었다. 슬랙, 노션, 그리고 구글 드라이브 등 수많은 협업 툴이 사람들의 관심을 끌고 있다는 점에서도 알 수 있다. 보다 효율적인 협업을 위해 협업의 방식도 연구되고 발전되는 것이다.

사무실 형태 역시 공유 오피스는 개방형을 추구한다. 하지만 협업을 증진시키는 전략이 실제로 성과로 이어지는 것은 완전히 다른 문제이다. 단순한 협업 툴만이 아닌 다양한 협업 방식에 대해서도 소개되었고, 각 방식마다의 장단점을 미리 파악할 수 있게 된 계기가 되었다.

마무리

HBR을 읽으며 가장 많이 느낀 점은 이론적인 부분에 중점을 두고 있지 않다는 것이다. 이론에 입각하여 정보를 제공하는 것이 아닌, 실제 실무에서 사람들이 문제라고 생각했던 것들을 중점적으로 다루는 것이 매우 효과적이라고 느꼈다. 이론은 실무에 도움이 되지만, 실무에서 발생하는 실제 문제들은 이론으로 해결하기 어렵기 때문이다. 세계적으로 권위 있는 학자들을 포함하여, 실제로 경영을 하고 있는 사람들이 문제를 어떻게 풀어나가는지에 대한 인사이트가 인상적이다.

모임장의 사정으로 인해 4분기 모임을 마지막으로 경영소모임이 중단될 수 있었다. 만약 참여자들이 모두 경영소모임을 진행하며 배운 것이 하나도 없었다면 시간이 아까워서라도 중단하는 것에 동의했을 것이다. 하지만, 신기하게도 경영소모임 인원 8명이 모두 이를 반대했다. 경영소모임에 투자하는 시간이 아깝지 않고 유익했다고 느낀 것이다.

참여자 8명 모두 각자의 관심사, 직업, 전공, 그리고 환경 등은 다르지만, 이는 다양한 시각을 공유할 수 있게 된 모임의 장점으로 승화되었다. 2019년 한 해 분기당 모임을 가지며 참여자 모두 정말 많은 것을 배우고, 새로운 시각을 일깨웠다는 점엔 부정할 수 없을 것이다.

Who is 류영훈?

류영훈, epitomeCL

정보가 아닌 지식과 인사이트를 공유하는 블록체인 미디어 노더(NODER)를 운영하고 있으며, 항상 새로운 재미를 찾아 헤매는 한 인간입니다. 모든 생명에 대한 존엄성을 배우게 해준 강아지 '아지'의 친구이자 보호자이기도 합니다.

독서,
생활에 스며들다

by 오형진

STEW 독서소모임,
읽고 쓰며 교양을 쌓는 이야기. 발제
자와 함께 수다스러운 소모임을 소개
한다.

"많은 책을 읽자."

독서가 좋은 것은 누구나 안다. 그렇기에 연초에 수많은 사람 목표에 빠지지 않는 것이 바로 책 읽기다. 하지만 좋다는 것을 알면서도 실천하기 여간 쉽지 않다. 실제로 대한민국 성인의 40%가 연간 단 한 권의 책도 안 읽는다는 다소 충격적인 통계도 있다. 믿기 힘든 수치를 만드는 데 나 또한 일조했었다. 항상 내 새해 목표에는 독서가 있었지만, 책이랑은 거리가 있던 사람이었다. 유학이라는 너무 좋은 핑곗거리가 있었기 때문이다.

2019년이 되면서는 이전과는 다른 내가 되고 싶었다. 조금 더 정확히 표현하자면, 변화가 필요했다. 한국에서 법조인이 되고 싶다는 꿈을 꾼 후, 독서의 중요성이 개인적으로 매우 커졌기 때문이다. 뛰어난 독해력과 사고력 없이 법을 공부하고 남을 돕는다는 게 말이 안 되지 않는가. 그렇기에 새해 목표를 나름 과감히 잡아봤다. 목표는 일주일에 책 한 권. 그리고 나는 어려운 목표를 이루기 위해서는 혼자만의 힘과 의지로는 힘들 것으로 생각했기에 독서 모임을 알아봤다.

그렇게 내 2019년을 통째로 바꾼 STEW 독서소모임을 만났다.

애증의 존재, 서평

STEW 독서소모임은 매우 심플한 진행방식을 고수한다.

〈STEW 독서소모임 회칙〉

1. 지정 도서와 자유 도서를 매달 번갈아 가면서 읽고,
   매달 서평을 쓴다.
2. 지정 도서는 모임을 열고, 발제자가 준비해온 질문지로 토론한다.

...

결국 한 달에 책 한 권을 읽는다. 그리고 거기에 대한 내 생각을 글로 풀어쓰기만 하면 그만이다. 사실 처음 이것을 듣고 나는 매우 가벼운 모임이 되리라 생각했었다. 내 목표는 일주일에 책 한 권이 아니던가. 그에 비하면 한 달에 한 권은 눈 감고도 할 수 있으리라 생각했다.

하지만 나는 독서소모임에서 서평을 쓰면서 단순히 많이 읽는 것이 다가 아님을 깨달았다. 책을 읽는 것 자체는 큰 문제가 되지 않았다. 애초에 전업 수험생이었기 때문에 물리적으로 읽을 시간 자체는 많았다. 하지만 한 달에 단 한 편만 써도 되는 그 서평은 데드라인 직전까지 나를 괴롭혔다. 그만큼 독서를 내 것으로 소화해본 경험이 부족했었기 때문이다.

특별한 포맷 없이 적어내라고 했지만, 막상 글을 쓰는 데 많은 에너지가 소비됨을 느꼈다. 책의 핵심 내용을 이해하는 것은 물론, 그것에 대한 개인적인 견해까지 펼쳐야 하기 때문이다. 더불어, 서평을 통해 내가 이해한 것이 사실은 제대로 이해한 것이 아님을 자주 느꼈는데, 처음에는 이러한 경험을 받아들이는 데 많은 어려움이 있었다. 나름 시간을 투자해서 읽었는데, 막상 글로 풀어서 설명하려니 안 되는 것을 누가 쉽게 받아들일 수 있을까.

▲ *STEW 독서소모임 서평*

하지만 그것만큼 온전히 내 것으로 변한 게 아니라는 가장 강력한 증거는 없었다. 힘들었지만 이러한 사실을 받아들이니 나의 메타인지는 자연스럽게 올라갈 수 있었다. 그렇게 나는 속독이 아닌 숙독의 힘을 깨우칠 수 있었다. 실제로 숙독의 힘은 상상 이상이다. 최소한 내가 서평 썼던 책에 대해서는 남들에게 쉽게 설명할 수 있을 정도로 이해력이 상승했다. 어떤 주제에 대해 지식이 향상되니, 그것과 관련한 토론이 있을 때도 나의 근거가 탄탄해짐을 느낀다.

독서를 읽으면서 실질적으로 내가 성장하는 것이 느껴지니 독서가 재밌어졌다. 여전히 서평 쓰는 것은 매우 고통스럽지만, 이제는 그 고통을 즐기려고 하는 내 모습조차 발견할 수 있다. 이렇게 변화한 나 자신을 보며 나를 STEW 독서소모임의 길로 이끌어주신 오세용 팀장님의 뜻을 이해했다.

"책을 읽고 서평을 쓰지 않은 것은 책을 읽지 않은 것이나 마찬가지다."

– 오세용 STEW 팀장

다름과 틀림의 차이를 이해하다

STEW 독서소모임에는 각기 다른 분야에서 다양한 활동을 하는 캐릭터들이 모여있다. 스타트업 CEO, 개발자 겸 기자, 금융업계 종사자, 디자이너, 그리고 다양한 꿈을 꿈꾸고 있는 대학생까지. 최대한 간단하게 그들의 직업을 정의했지만, 그것에 한계를 두지 않고 항상 유니크한 사람이 되기 위해 노력하시는 분들이 모임에 참여한다. 그렇기에 이들이 가지고 있는 사회에 대한 가치관은 매우 다르다. 책에 대한 관점 역시 다를 수밖에 없다.

이렇게 서로 다른 의견은 자신만의 언어로 번역되어 서평이라는 작품으로 남겨진다. 자유 도서에서는 이들이 현재 관심 있는 책과 주제에 대해서 알 수 있어 좋았다. 특히 자유도서의 달마다 뽑는 우수서평 이외에도 구성원 한 명 한 명이 자신의 분야에서 발전하려고 고민한 흔적이 고스란히 서평에 묻어난다.

하지만 독서소모임의 진정한 묘미는 바로 지정 도서의 달에 있다. 분명 같은 책을 읽은 것임에도 불구하고 책에 대한 평가가 정말 다양하다. 심지어 호평을 한 사람이 많다고 하더라도, 그들이 중점적으로 읽었던 부분이 다른 경우는 너무나도 흔했다. 천명이면 천 개의 가치관이 있다는 말이 이해되었다. 다양한 사람이 보여준 다양한 관점은 내가 이들과 소통하지 않았다면 전혀 모르고 살아왔을 세상이었다. 그렇기에 독서소모임을 통해 이를 경험했던 것은 매우 큰 행운이라고 생각했다.

또한 서평에서 그치는 것이 아니라 직접적으로 만나고 소통할 창을 마련해주었기에 오해의 소지도 줄일 수 있었다. 필연적으로 글로 쓰면서 서로가 오해할 수 있을 부분이 있다. 하지만 이내 3~4시간을 한 권을 가지고 토론하면서 이런 불상사는 줄일 수 있었다. 치열한 토론을 지켜보면 두 가지를 느낄 수 있다.

> **1. 세상에는 정말 다양한 사람과 각기의 관점이 있다.**
> **2. 그 어떠한 관점도 존중되어야 할, 단지 다른 생각일 뿐이다.**

이전까지 나는 "틀림"과 "다름"을 혼용했다. 내 미숙한 한국말이 일차적인 문제였지만, 알고 나서도 크게 쓰는 데 불편함을 느끼지 못했다. 하지만 매우 다른 사람들을 만나고 이들의 생각을 경험하고 체득하니, 두 단어의 차이에 불편함을 안 느낄 수가 없었다. 완전히 다른 단어임을 깨달았기 때문이다.

다른 의견이 존재할 수 있다. 서로 다른 가정환경에서 다른 교육을 받고 다른 경험을 했기에 당연한 결과다. 하지만 틀린 의견은 존재하기 어렵다. 상대방이 나와 다른 것을 틀렸다고 주장하는 순간 세상은 살기 쉬워진다. 내가 정의이고 다른 사람이 부정의라고 생각하면 고민거리가 줄지만, 우리가 사는 세상을 그러한 흑백논리처럼 단순한 세상이 아니다. 애초에 그런 사회였다면 살기 재미있지지도 않았을 것이다.

"다름"과 "틀림"의 차이를 우리 사회는 자주 간과한다. 오늘날 벌어지고 있는 집단 간의 대립은 이를 잘 증명한다. 상대가 틀렸다고 주장하는 이러한 갈등은 매우 불행한 일이다. 살아가기 각박한 세상에서 역설적이게도 우리가 독서하고 토론을 해야 하는 이유이기도 하다.

마무리

나는 2019년 계획으로 세웠던 일주일에 책 한 권 읽기는 성공하지 못했다. 중간에 게을러진 탓도 있고, 서평에 익숙하지 않았던 탓도 있을 것이다. 그럼에도 불구하고 나는 독서소모임에 가입한 것을 후회하지 않는다. 정확히 말하자면, 가입한 것을 내가 2019년 가장 잘한 일 중 하나로 주저 없이 꼽는다. 나에게 독서의 매력을 보여주고, 독서의 세계로 나를 인도했기 때문이다.

▲ 2019년 읽은 책   ▲ 2020년 2월에 읽을 책

독서가 주는 즐거움은 너무나도 다양함을 느낄 수 있는 한 해였다. 이제는 책 읽는 것이 더는 두렵지 않다. 오히려 서점을 가고 새 책을 고를 때의 기대감이 PC방에서 어떤 좋은 선수가 나올까 기대하는 것보다 크다. 그리고 책의 마지막 부분을 다 읽고 덮을 때의 그 뿌듯함은 말로 표현하기 힘든 묘한 성취감을 주기도 한다.

2020년을 맞이해서 나의 목표는 동일하다. 일주일에 책 한 권 읽기다. 이것이 성공할지 실패할지는 모른다. 하지만 작년과 달리 올해는 무모한 도전이 아니라고 확신한다. 독서소모임을 통해 더는 독서는 나에게 먼 이야기가 아니기 때문이다. 독서가 삶의 일부로 스며든 지금 나는 새로운 도전을 성취할 상상에 벌써 들뜬다.

STEW 독서소모임 선정

2019
올해의 도서

대한민국의 정의에 대해 다시 생각해보는 세계적 베스트셀러

마이클 샌델

JUSTICE
정의란 무엇인가

김선욱 감수
김명철 옮김

2019년 STEW 독서소모임에서는 지정 도서 6권 그리고 자유 도서 5권을 읽었다. 그중 투표를 통해 2019년 올해의 책을 선정하였고, 그 명예를 가져간 책은 바로! 마이클 샌델의 〈정의란 무엇인가〉이다.

정의란 무엇인가

〈정의란 무엇인가〉는 2010년 출간 이후 지금까지도 우리나라에서 뜨거운 인기를 얻고 있는 책이다. STEW 독서소모임에서도 논쟁거리가 많은 책의 특성상 열띤 토론이 이어졌다.

저자는 하버드 대학교의 교수로서 청자와 독자가 다양한 철학적 고민을 스스로 할 수 있도록 여러 사례로 통찰력을 보인다. 철학 입문서로 볼 수도 있지만, 우리나라에서 특히 선풍적인 인기를 불러일으킨 이유는 그만큼 우리나라 사회에 '정의의 부재'에 대한 인식이 깔려있었기 때문이라 생각한다.

추천평

STEW 독서소모임에서는 〈정의란 무엇인가〉가 왜 추천받는지 추천평을 작성했다.

서로 시작이 같았지만, 끝은 다를 수 있다. 반대로 시작은 달랐지만, 끝이 같을 수 있다. 각자 철학의 시발점은 다를지 몰라도, 심지어 끝마저 다를지 몰라도 우리는 대화를 멈춰선 안 된다.
각자가 각자일 수 있도록, 우리가 우리일 수 있도록 그래서 우리가 인간일 수 있도록.

– STEW 팀장, 오세용

정의롭지 못한 제가, 정의란 무엇인가를 읽고, 정의로운 사회와 삶에 대해서 정의해보고, 정의롭고 싶어 하는 당신에게 감히 정의롭게 추천한다. 모든 문제를 새로운 시각으로 바라보게 해주고 어디서 주워들은 거 좀 있다는 소리 들을 수 있게 해주는 책.

– 국밥을 사랑하는 남자, 고대승

점점 더 혼란스러워지고 있는 세상과 대화하기 위한 책이다. 정의가 무엇인지를 말하진 않지만, 그 논쟁 자체가 의미 있다.

– 마르코, 김지훈

수많은 "나 때는 말이야"가 존재하는 대한민국의 오늘에서 우리의 정의는 무엇인가? 생각해본다. 〈정의란 무엇인가〉는 당신의 정의가 우리의 정의로 나아가는데 길잡이 역할을 제대로 할 것이다. 건전한 토론의 장에 오신 것을 진심으로 환영한다.

- 책 좋아하는 직장인, 이원교

'정의로운 사람'이라고 자부할 순 없지만, 정의를 위한 노력은 그치지 않는 사람이다. 이 책은 정의를 위한 길에서 '언어의 빈곤'을 맞이하지 않기 위해 곁에 두고 읽어야 할 책이다.

- 토끼와 상생(相生)하는 거북이 민시호-

여태까지 내가 맞다고 믿었던 가치가 정말로 더 높은 가치를 두고 살아가는 게 맞는지, 한 번쯤 돌이켜 볼 필요가 있다면 이 책을 추천한다. 여러 가치 속에서 합의점을 발견하고 이를 더 나은 결과로 이끌 수 있도록 생각의 전환이 되는 책.

- STEW 독서소모임, 임영철

미래 사회를 맞기 위해 우리는 오랫동안 외면해왔던 인문학적 고찰들을 다시 해야 한다. 〈정의란 무엇인가〉를 통해 저자 마이크 샌델은 로마인들의 공리주의부터 프랑스 레지스탕스의 고향 마을 공습까지 다양한 견해들이 맞부딪치는 사례를 제시하며, 우리가 너무나도 섣불리 옳고 그름을 나누고 있지는 않은지 다시 한 번 깊게 생각할 기회를 제공한다.

- STEW 독서소모임, 장준혁

2020년을 향하여

STEW 독서소모임은 어느새 2015년 시작된 이후 만 5년이 흘렀다. 많은 시련도 있었지만, 지성을 향한 사람들의 열정이 지금의 모습을 만들었고, 앞으로도 더 큰 꿈을 향해 나아갈 예정이다. 역사를 보면 한 사람의 목소리가 시대의 흐름을 바꿨다. STEW 독서소모임 또한 다양한 지성의 향연이 모여 역사의 중요한 목소리가 되길 바란다.

STEW

2019
올해의 STEW인

STEW에서
2019년 한해동안 성실히 활동한
〈올해의 STEW인〉을 선정했다.

올해의 STEW인, 고대승

▲ *선물을 받고 세상 행복한 2019 올해의 STEW인, 고대승*

− 자기소개를 해달라

STEW에서 웃음을 담당하고 있는 고대승이다. 취업 면접 이후 처음으로 자기소개를 하게 되니 민망하다. 인터뷰라 하니 그래도 형식적인 인생 연혁 설명은 해야겠다.

인천 토박이 남자이며, 대학에서 경영학과 언론을 공부 후 ROTC를 통해 장교 생활을 했다. 현재는 외국계 기업에서 영업과 마케팅을 담당하고 있다. 생긴 것과 다르게 언제나 웃는 삶을 추구하며, 책을 읽으며 인생을 음미하며 살고 있다.

- 2019 올해의 STEW인으로 선정됐다. 축하한다.

정말 감사하다. 생각지도 못했고, 이런 상을 받는 게 너무 오랜만이라 눈물 날 뻔했다.

- 지금 STEW에서 하는 일이 뭔가?

2년 전부터 독서 소모임에 참석하고 있다. STEW 조직에서 배울 수 있는 게 너무 많아서 운영진까지 하고 있다. 혼자 생각하는 내 임무는 처음 오시는 분들이 편안함을 느낄 수 있도록 친근하게 다가가고 웃음을 제공하는 것이다.

- 어쩌다 STEW에 합류하게 됐나?

대학교 때 한국장학재단에서 운영하는 멘토링 프로그램인 Korment에 참가했었다. 그때 STEW 주축 멤버들을 알게 됐고, STEW 리더인 오세용씨가 족발을 사주며 참가해보라 해서 합류하게 됐다.

- 고기 사줘서 왔나?

그렇다.

- 왜 STEW와 계속 함께하고 있나?

STEW가 심심한 삶에 놀이터가 돼주었다. STEW는 정말 다양한 사람이 어우러지는 곳이다. STEW는 내게 항상 새로움과 삶의 교훈을 준다. 계속 함께하고 싶다.

- STEW를 주변에 뭐라고 소개하나?

다람쥐 쳇바퀴 같은 생활에 새로움을 주는 곳이라 한다. 특히 독서 소모임 등 유익한 소모임도 자랑한다. 또한, 정말 다양한 분야에 있는 사람들과 대화를 통해 내가 모르는 것들을 배우고, 그들의 열정을 통해 내가 정체되지 않고 도약할 수 있게끔 한다고 말한다.

- STEW에 참여하는 것을 주변에서 어떻게 생각하나?

정말 대단하다고 한다. 평일에 일하고 주말에 쉬기 바쁜데, 매달 책을 읽고 모임에 나가고 다른 활동까지 하는 것에 충격을 받는다. 왜 그렇게 자기를 혹사하냐고까지 한다. 가끔은 아무것도 안 하고 쉬고 싶을 때도 있지만, 이제는 아무것도 안 하는 게 더 힘들다.

- 2019 STEW에서 기억에 남는 장면 몇 가지 소개해 달라.

STEW 정기 모임에서 각자 인생 노하우를 발표하는 시간이 있었다. 난 절약하는 습관이 있어 다양한 꿀팁을 소개했고, 재미를 주기 위해 가끔 하던 이상한 사례를 발표했다. 주로 다니던 톨게이트 IC에서 빠져서 돌아가면 추가 거리 기름값이 톨비보다 수학적으로 적어서 가끔 시도했었는데, 이 부분에서 다들 빵 터졌다.

그 뒤부터 나에 대한 인식이 사람들에게 강렬히 박힌 것 같다. 지금은 돌아갈 때 필요한 5분의 시간이 더 소중하기에 그런 행동은 안 한다.

▲ 톨게이트 이야기를 하는 고대승

– 올해 STEW에서 가장 잘 한 건 뭐라고 생각하나?

독서 소모임을 한 번의 벌금도 없이 개근 한 것.

– 마지막으로 한마디 한다면?

사실 STEW에서 하는 일은 웃는 것밖에 없다. 그래서 더 웃으려 한다.
모든 STEW 멤버들이 행복할 수 있도록.